真っ白なアイス

大濱 純一

文芸社

目次

おじいさんのランドセル

まさるは四月から四年生、おじいさんに買ってもらったランドセルを背負って、毎日元気に通学していた。ところが四月末のある日、まさるが大好きで最も尊敬していたおじいさんが、急病で亡くなってしまった。悲しくて一晩中泣き明かした朝、お父さんに、兄のあきらと二人、おじいさんの仏前に呼ばれた。

お父さんは、

「おじいさんが亡くなって、お前たちばかりでなく、家族みんなが悲しいのだ。しかし悲しんでばかりいては、おじいさんも喜ばない。おじいさんはみんなの心の中に生きているのだ。おじいさんは優しく、お前たちにもいろいろなことを教えてくれた。しかし柔道については、厳しくお前たちを鍛えてくれたおかげで、とても強くなった。

これからも、おじいさんの教えをよく守り、困ったことが起きた時は、心の中のおじいさんに聞いてみるとよい。そして、これからも、明るく正しい道を進んでもらいたい」

と言った。

それから少しした五月のある日、学校へ行くと、クラスの政夫君の顔の一部が薄紫になっていた。昨日、学校帰りに六年生に呼び止められ、近くの神社に連れていかれ、なぐられたのだ。先生に言うとまたなぐられるから、知らないふりをしてくれ、とみんなに言っている。

数日後、帰る方向が一緒のたけしとのり子と三人で、校門を出て途中の神社の前に来ると、境内の奥の社の方から、泣き声が聞こえる。

どうしたのだろうと三人で境内に入って、植え込みの陰からのぞくと、社の横で六年生くらいの大きな子が五人で、二、三年生の三人の子を取り囲み、なぐったり、小突いたりしている。

まさるが、かわいそうにと思った時、

「早く行って助けてあげなさい。お前のわざなら負けることはないと思うが、五人一ぺんでは、身体の小さいお前には無理だと思うから、一人ずつ、一番強そうな者から負かしてやりなさい。じいの教えたわざを十分使ってがんばりなさい」

と、ランドセルからおじいさんの声がした。

まさるはランドセルをたけしに預けると、大きな子たちのところへ行き、

「弱い者をいじめるのはやめて下さい」

と言った。すると五人の中から、身体の大きいのが、まさるの名札を見て、

「なんだ、四年生のくせに生意気だ。おれたちのじゃまをする気か」

と言って、まさるの前へ立ちはだかる。まさるが、

「ぼくは、身体が小さいので、一人ずつ相手になって下さい」

と言ったら、まさるの前に来たのが、

「こんなのおれ一人でたくさんだ」

と言いながら、まさるの顔をなぐってきた。

まさるはひょいとよけて、逆手を取り、投げた。相手は反動で大きく円をかきながら、背中や腰を地面に打ち、「痛たたた」と起き上がれないでいる。他の四人も、びっくりして互いに顔を見合わせている。

そのうちの一人が、

「なんだ、こんなちび、おれがやっつけてやる」

と、まさるの前に出て来た。

こんどは、まさるの様子をうかがうようにして、すぐにはかかってこない。まさるは自然体で、ゆうゆうとしている。

そのうち、相手がしびれをきらし、大きな身体ごとぶつかって来た。まさるは、待ってましたとばかりに、相手の動きを利用して、得意の一本背負いで相手を投げた。相手は背中や腰を地面にしたたか打ち、「ううん、ううん」とうなっている。

その時、まさるは残っていた三人のうちの一人に、後ろから首を締められた。まさるは腰を落とすと、ひじで思いきり相手の腹をついた。

相手がひるむすきに、すばやく逆手を取り、指を攻めた。相手は、「痛い、痛い」

と顔を真っ赤にして悲鳴をあげている。

今度は油断なく周りを見ていると、一番先に投げられた相手がやっと起き上がり、

「おれたちの負けだ、もういじめはやらない。お前は小さいのに強いなあ、いったい何者なんだ」

と言った。

たけしやのり子も走って来て、

「まさる君は強いんだなあ、今までちっとも知らなかった」

と言って、ランドセルを渡してくれた。

ランドセルから、

「まさる、よくやった。じいの教えたことをよく覚えていた。首を締められたのは、お前に油断があったからだ。これからは周りにも注意しなさい」

と、おじいさんの声がした。まさるは、

「おじいさん、ありがとう」

と言った。まさるとランドセルのおじいさんとの会話は、誰にも聞こえない。

まさるは六年生たちに、柔道七段のおじいさんに、三歳の時からお兄さんと一緒に柔道を習っていたこと、そして今でも週に五日間、警察署の道場へ練習に通っていることを話した。六年生は、

「それだもの強いはずだ、おれたちも習いたいなあ」

と言って、まさるに「教えて下さい」と頭を下げた。まさるは、

「悪い事に使わないと約束できるのなら、お兄さんに頼んでみます」

と約束した。そして六年生は、今までいじめていた三年生にあやまった。

次の週から、六年生たちも新しい柔道着を持って、警察署の道場へ来て、まさるのお兄さんやまさるや署員たちに、礼儀の仕方や受け身から習い始めた。

まさるのお兄さんは、七つ違いの高二で、まさるも四年生としては大きい方だが、お兄さんのあきらは大人のように大きく、黒帯を締めて、若い署員たちより強く、ぽんぽん投げ飛ばしている。

しばらくすると署長が入って来て、

「おっ、新人が五人も増えたなあ。まさる君が連れて来た子たちか」

と聞いた。まさるは署長にわけを話した。署長は、

「それは良い事をした。柔能《よ》く剛を制すだなあ」と感心し、六年生に、

「まさる君は強いだろう。お前たちではかなうまい。まさる君の亡くなったおじいさんは、警察庁の偉い人で、柔道の達人でもあった。これからは弱い者いじめをやめ、心を入れ替えて柔道で心身を鍛えなさい」

と言った。六年生たちは、

「よろしくお願いします」

と頭を下げた。まさるは、六年生たちにいろいろ教えた。

まさるが家に帰ると、ランドセルから、

「今日からあの六年生たちに教えているのか。真っすぐな道を歩むように鍛えてやりなさい」

と、おじいさんの声がした。

動物の山を守るのは誰？

あちらからもこちらからも、熊さん、鹿さん、いのししさん、猿さん、オオタカさん、イヌワシさん、兎さん、たぬきさん、きつねさん、リスさんなどの動物が、二子山の泉のそばの広場に集まって来た。

今日は何の集会があるのだろうかと、みんなはがやがやしながら待っていた。

大きな石の上に、山一番の長老で物知りの、熊の熊吉じいさんが上り、

「今日みんなに相談してもらいたいのは、みんなも知っている通り、われわれが住んでいる二子山の周りに、ゴルフ場を建設するという話だ。今までも、朝日山や高見山などの山を削ってゴルフ場を造ったり、住宅地を造成したため、われわれ動物の住む場所が無くなり、みんなが二子山に移り、えさも大変に少なくなっ

た。仕方なくふもとの民家の畑のものを取ったりすると、昨年の熊の熊次郎のように、猟師に鉄砲で打ち殺されてしまう。また今年の春には、猿のモン吉がやはりふもとの畑で、捕獲用のおりへ入って捕まり、動物園に送られたし、いのししのいの吉も、猟師に鉄砲で打たれそうになったが、うまく逃げることができた。

このままではわれわれ動物の死活問題であり、我慢も限界である。

あまりにも勝手な人間の自然破壊を、このまま見過ごすことはできない。そこで二子山のゴルフ場建設を中止させる方法がないか、みんなで考えてもらいたい」

と言って、みんなを見回した。

みんなからはいろいろな意見が出されたが、その中でオオタカのタカ子が、

「今、国で絶滅の恐れがある貴重な種を保護する運動が盛んです。私たちやイヌワシの雄太さんたちも貴重な猛禽類に入っているので、生息が確認された場合は工事を中止させることもできるのです。それに私の巣には卵が三個、雄太さんの巣にも三個あり、今、私のところではだんなが、雄太さんのところでは奥さんが、孵化させるために暖めております。そんなわけで、県の環境課へ陳情したらどう

でしょうか」

と言った。

それを聞いた熊吉じいさんは、

「それは良い考えだ。だが、だれが陳情するかだなあ」

と言う。

すると鹿のバンビが、

「それはやはり、化けるのが上手な、たぬきのポン吉くんときつねのコン太くんにお願いしましょう。また私たちも、ふもとに〝ゴルフ場建設反対〟の立て札を立てます」

という意見を出した。

熊吉じいさんは、

「それはよいところに気がついた。書面は私と猿のエン太くんで考えるから、たぬきのポン吉くん、きつねのコン太くん、よろしくお願いします」

と言って、集会はお開きとなった。

さっそく、熊吉じいさんが陳情書の内容を考え、エン太くんが環境課あてに清書し、ポン吉くんとコン太くんに渡した。ポン吉とコン太は紳士に化け、鹿のバンビを自動車に化かして乗り、県の環境課へ陳情に行った。

課長は、実態を調査して、事実ならゴルフ場の建設は中止させます、と確約してくれて、三日後に来て下さいと言った。

大役を果たしたポン吉とコン太は、山へ帰って熊吉じいさんに報告した。

山では、ほかの動物たちが立て札を作り、翌朝早くにふもとに立てることにした。そして翌日の朝には、県の職員が十数人、二子山の調査を始めた。

そしてオオタカやイヌワシの巣を発見した。

オオタカやイヌワシ夫婦は、この時とばかり大空に大きな円をかきながら舞い、その姿も確認してもらった。

県庁へ帰った職員たちが課長に報告したところ、課長はすぐにゴルフ場建設の不動産会社の社長を呼び、

「ゴルフ場建設の土地である二子山には、貴重な猛禽類のオオタカやイヌワシが

営巣し、生息していることが昨日の調査で判明したので、ゴルフ場の建設は中止にしてもらいたい」

と通告した。

三日後、再び紳士に化けたポン吉とコン太が、バンビの自動車に乗り県庁の環境課へ行くと、課長が、

「大変迷惑をかけて申し訳なかった。二子山のゴルフ場の建設は中止させたので、今まで通り住んで下さい」

と言ってくれた。

ポン吉とコン太は大喜びで飛び上がったが、その時、ズボンから大きなしっぽが飛び出してしまった。ポン吉とコン太は、これは大変と大きなしっぽを仕舞おうとするがなかなか入ってくれない。

課長や職員も大笑いし、課長が、

「わかっておりましたよ、そこのトイレでもう一度化け直してから帰って下さい。それから、周りの山を開発して、えさも少なくなったことでしょうから、県とし

て来年から二子山に、皆さんのえさになるドングリのなる木を植林することになりました。また、今年から二子山一帯を『狩猟禁止』にしますので、皆さんに伝えて下さい」

と言った。

ポン吉とコン太はトイレで化け直し、課長にお礼を言い、ほうほうの体でバンビの車に乗り山へ帰った。

そして熊吉じいさんに説明した。熊吉じいさんも大変喜んで、ポン吉とコン太の労をねぎらい、

「いつも化けるのが上手なポン吉やコン太くんでも、失敗することがあるとは驚いた」

と言って、他の動物たちと一緒に大笑いした。

熊吉じいさんは、

「これでわれわれ動物も、これからは安心して二子山で暮らすことができる。これも、オオタカくんやイヌワシくんのおかげだ」

と礼を言った。

そして動物みんなが大喜びして、末長く仲良く暮らしました。

隆太のお姉ちゃん

今日は隆太の授業参観日である。お父さんは出張で出席することができなくなり、代わりにお姉ちゃんが来ることになつた。

隆太のお母さんが二年前に病気で亡くなってからは、お姉ちゃんの理佳が隆太や兄賢一の母親代わりとなり、生活の面倒をみていた。

そのお姉ちゃんは大学の三年生で、勉強がよくできて、曲がったことが大きらいで男まさりの性格。隆太がいたずらや悪いことをした時には、いつも厳しく説教されている。

隆太は学校に出かける前に、お姉ちゃんに「よろしくお願いします」と言った。お姉ちゃんは胸をたたいて「任せておきなさい」と言っていたが、しかし隆太は、こわいもの無しのお姉ちゃんのこと、何事もなければよいが、と心配でならなかった。

三時間目の算数の授業が始まると、三人のお父さんと、あとはお母さんたちが、ぞろぞろと四年二組の教室に入って来た。

隆太は、お姉ちゃんが来ているかと振り返ってみると、みんなのお母さんたちよりも背の高いお姉ちゃんが、ニコニコしてすぐ後ろに立っている。

橋本由佳先生は、大学を出てこの学校に着任してから、三年間隆太たちを受け持っているから、子供たちのことはよく知っている。

先生は算数の掛け算の応用問題を黒板に書いた。

「この問題を解ける人は」

みんなが「はい、はーい」と手を上げた。先生は、

「それでは隆太君、ここへ出て問題を解いて下さい」

と言ったので、隆太は黒板の前に出て行ってチョークで解答を書いた。先生は、

「よくできました、席に帰って」と言って、答の内容をみんなに説明した。

次に先生が割り算の応用問題を黒板に書き始めると、お母さんたちが幾つかのグループに別れておしゃべりを始めた。

先生が問題を書き終わり、

「この問題を解ける人は」

と生徒の方を見ると、みんなが「はい、はーい」と手を上げた。

そのころにはお母さんたちの雑談の声も大きくなって騒がしくなっていた。

その時、誰かが大きな声で、

「お母さんたち、静かにして下さい、今日は子供さんの授業参観日です。おしゃべりなら帰ってから井戸端でやって下さい」

と言った。

お母さんたちも生徒たちも、その声のする方を見た。

隆太は、いつも聞いているお姉ちゃんの声、「しまった」と思ったがもう遅い。

お母さんたちはお姉ちゃんをにらみつけているが、お姉ちゃんは知らない振りをして澄ましている。先生は、静かになって良かった、というような顔をして授業を再開した。

それからは、お母さんたちも静かに参観していた。そこへ校長先生が回ってきて、

「このクラスは静かにやっていますね」

と言って出ていった。

それから間もなく授業も終わり、次の一時間は父母と先生の懇談会があるので、生徒たちはそれぞれ下校した。

教室では、お父さんやお母さんたちがそれぞれ自分の子供の机の椅子に座ったところで、先生が、

「それでは今から懇談会を始めますが、皆様の方からご質問やご意見などありましたらおっしゃって下さい」

と言った。

すると一人のお母さんが、

「先生方も子供のしつけをやってもらいたいと思います」

と言い、数人のお母さんたちも「そうだ、そうだ」と相づちを打った。

先生は、

「学校とは知識や技能を学ぶところで、子供のしつけは親の役目ではないでしょうか」

と言った。

別のお母さんが、

「子供の勉強ができないのは、先生の教え方が下手だからではないでしょうか」

とも言った。

先生は、

「私は一生懸命、子供たちに理解してもらうように教えているつもりですが、学校から帰って、子供さんたちに復習や予習をやらせているでしょうか」

と問いかけた。

一人のお母さんが、

「うちでは子供を自由に育てておりますので、家に帰ってまで勉強しろとは言っておりません」

と答えた。

あるお母さんは、

「今は教師も生徒も対等の関係ではないでしょうか」

と言った。

今までお母さんたちの言うことを黙って聞いていた隆太のお姉ちゃんは、とうとう堪忍袋の緒が切れて立ち上がり、大きな声で、

「お母さんたち、いい加減にして下さい。子供にしつけをするのは、親であるお父さんお母さんの責任です。それを先生に頼むということは、親の責任を放棄するということではありませんか。自分の子供の勉強ができないのを先生のせいにして、それだから子供たちは先生を尊敬しなくなるのです。それに、先生と生徒は対等だなんて、とんでもない。生徒は先生から勉強や知識などを教えてもらうのですよ、それがどうして対等になるのですか。思い上がりもはなはだしいです。子供の前でそんなことを言うから、子供たちも先生の話をよく聞かず、友達とお

しゃべりしたり、無断で席を離れたりするのです。そして、それを注意すると先生に反抗したりする。自由には必ず責任が伴うことを忘れてはいませんか。お母さんたちも授業参観の時、参観するために来たのにおしゃべりに夢中で、先生や子供たちの話を聞こうともしない」

と話した。

するとあちらからもこちらからも、痛いところを突かれたお母さんたちが、「若いくせに生意気だ」とか、「言うことだけは一人前だ」とか、「子供もいないくせに子供のことなどわかるものですか」などと、お姉ちゃんを批判し始めた。

その時、今まで黙って聞いていた一人のお母さんが立ち上がり、

「みなさんお静かに、いま隆太君のお姉さんが言ったことは正論です。昔から『子は親の背を見て育つ』と言われているように、お母さんたちがしっかりとしないから、その子供たちは自由と放縦をはき違えてしまうのです。他人に迷惑をかけても平気、自分勝手な振る舞い、善悪の区別がつかない、我慢することができない、自分の思い通りにならなければすぐにキレてしまうなど、いろいろな問

題がでてきています。これは子供たちばかりが悪いのではなく、しっかりと道徳やしつけをしなかった、お父さんお母さんたちにも責任があります。

先日の夕方、隆太君のお姉さんから『お母様と良夫君にお話がございますので、これからお伺いしてもよろしいでしょうか』と電話がありました。良夫と二人で待っておりましたら、間もなくお姉さんと隆太君がおいでになり、お姉さんが『今日は隆太が、お宅の良夫君に暴力を振るい、鼻血を出させてしまい申し訳ありません。お許し下さい』とていねいにおじぎをしました。隆太君も『良夫君、なぐったりしてごめんなさい』とおじぎをしてあやまりました。そしてお姉さんは『暴力を振るった隆太が一番悪いのですが、その原因を作ったのは、良夫君が隆太の母の悪口を言ったからなのです。隆太は母をとても尊敬して慕っておりましたので、暴力を振るってしまったのです。良夫君も、隆太にあやまって下さい』と言ったのです。良夫も隆太君に『お母さんの悪口など言ってごめんなさい』とあやまりました。

この日、学校から帰った良夫は、左の鼻にティッシュペーパーを詰めて、服にも二カ所、血を付けてきたので、わけを聞いたらお姉さんの言った通りでした。私は、隆太君のご姉弟《きょうだい》のお母さんは、何というご立派な方なのだろう、『このお母さんにしてこの子あり』とはこのことだとつくづく思いました」

と話した。

すると、先生を始め、お父さんや数人のお母さんたちが拍手をした。

そして先生は、

「今日はとても良いお話を聞くことができました。大人であるお父さんお母さんや、私たち教師も、『背を見てついて来る子供たち』のために、常に手本になるような、人間としての守るべき道や行動を取るように心掛けることが大切であることがよくわかりました。お父さんお母さん、これからもよろしくお願いいたします。今日の懇談会はこれで終わらせていただきます。お父さんお母さん、どうもご苦労様でした」

と言って解散になった。

隆太のお姉ちゃんは、良夫君のお母さんに感謝しながら頭を下げた。教室を出る時、痛いところを突かれた一部のお母さんたちがじろじろにらみつけているのを無視して、言いたいことを言ってすっきりした気持ちになって帰宅した。

隆太は玄関に飛び出して、

「お姉ちゃんお帰りなさい」と言い、「懇談会では何もなかったの」と聞いた。

お姉ちゃんは、

「あまりに親として無責任なことを言うお母さんたちがいたので、ついに怒ってしまい一席ぶってやったの。そしたら良夫君のお母さんが応援してくれたから、とても助かったよ」

と言った。

隆太が、

「参観の時のように、お母さんたちからにらまれたでしょう」

と言うと、お姉ちゃんは、

「そんなの平気の平左よ、隆太は心配しなくていいよ」

と笑っていた。

ボクにも勇気があった

ボクの名前はアントニオと言います。もうすぐ二歳になるダックスフントの雄です。

いま飼ってもらっている家庭は、会社員のお父さん、毎晩食事を作ってくれるお母さん、ボクと遊んでくれる小学一年生で女の子の麻美ちゃんの、三人と一匹で、ボクが麻美ちゃんの伯母さんの家からもらわれて来てから、一年と七カ月たちました。

ボクがもらわれて来たころは、まだ小さかったので、オシッコをお漏らししてはお母さんにしかられたり、夜などはひとりで寝るのがさみしくなって、よく麻美ちゃんのフトンの中にもぐりこんで寝たこともありました。

麻美ちゃんはとても優しく、毎日ボクと遊んでくれ、お母さんからおやつにもらったクッキーやキャンデー、チョコレートなどをボクにも分けてくれます。それがとても甘くておいしいので、ボクは大喜びです。

また、家族が三人で買い物などに出かけると、半日以上もボクがひとりでお留守番。とてもさみしくて、一番仲良しの麻美ちゃんのスリッパをくわえて来て、においをかいでいるうちにかじってしまい、ボロボロにして長椅子の下に隠してはお母さんにしかられたこともありました。

お父さんはしつけに厳しく、排便、お座り、お預け、伏せ、ちんちん、お手など、やってはいけないことと良いことを、区別してボクはしつけられました。食べ物も、家族以外の他人からもらったり、道ばたに落ちているものを拾って食べたりすることは、絶対にいけないことだと教えられました。

ところがボクにとって一番の苦手はお父さんのオナラで、人間よりとても鋭い臭覚や聴覚を持つボクは、オナラの音でびっくりし、においで鼻が曲がってしまいそうなので、いつも長椅子の下に隠れます。それを見て、お母さんがお父さんに、「アントニオがかわいそうよ、トイレに行って、やって下さい」とたびたび注意してからは、部屋であまりやらなくなったのでボクはほっとしたものです。

ボクの食事は朝がドッグフードで、晩の食事だけは毎日お母さんが作ってくれますが、その中でボクは特に、きりおとし肉と野菜とご飯の入った煮込み料理が一番好きです。

朝の散歩は、日曜日以外はお母さん、夕方はお父さんと麻美ちゃんで、お父さんが残業の時は、お母さんと麻美ちゃんが一緒でした。

麻美ちゃんが小学校に入ってからは、お父さんが残業の時は、麻美ちゃんとボクだけで散歩をするようになり、道ばたの草花を摘んだり、麻美ちゃんと走る競争をしたり。坂道の上から向かいの山に沈む太陽の美しさに見とれて、道草をしては薄暗くなって帰り、お母さんに「遅かったわね」とお小言をもらったりしたこともありました。

最近のことですが、散歩の途中の家に、ボクのからだの二倍以上もある、黒に白の混ざった強そうな雑種の犬がつないであるようになりました。

お父さんやお母さんと散歩の時は、じっとにらんでいるだけですが、麻美ちゃんとボクだけだと、侮って、ほえたりうなったりするので、そこの家の前をいつも走っては通り抜けるのです。

ところが夏も終わりの暑い日の夕方でした。麻美ちゃんといつもの散歩道を歩いて、大きな犬のいる家の前まで来た時、いつもつないである犬がいないので、安心して通り抜けようとしたら、かきねの中からあの大きな犬がほえながら飛び出して来たのです。

ボクも麻美ちゃんもびっくりして、逃げようとしてボクが勢いよく走ったので、麻美ちゃんは道ばたにころんでしまいました。その時散歩用の革ヒモを放してしまったので、ボクは恐ろしさで一目散に家まで走って逃げ帰ったのです。

玄関でワンワンと鳴いたら、お母さんが飛び出して来て、

「あら、アントニオだけなの、麻美はどうしたのかしら」

と聞かれたのですが、麻美ちゃんを置き去りにして来てしまい、なんと答えたらよいのかわからず、クンクンと鼻を鳴らして甘えたら、お母さんは、

「そのうちに麻美も帰って来るでしょうから、お前だけ入りなさい」

と言って足をふいてくれました。

ボクは家に入ったけれど、仲良しの麻美ちゃんを置き去りにして来たことを後悔して、今頃どうしているのかと心配で心配で、長椅子の下で小さくなっていました。

しばらくすると玄関の扉が開き、麻美ちゃんが泣きながら入って来ました。お母さんはびっくりして、

「麻美どうしたの、アントニオはもう帰っているよ」

と言いました。

麻美ちゃんはお母さんに、

「散歩の途中、大きな犬のいる家のかきねから、あの犬がほえながら飛び出してきたから、びっくりして逃げようとしたら、つまずいてころんでしまったの。わたしが革ヒモを放してしまったので、アントニオだけ先に逃げられたけれど、ころんだ私の背中の上に大きな犬が前足で上がり、押さえつけたの。

私がびっくりして泣きだしたら、どこかのおじさんが大きな声で犬をしかってくれたので、犬は逃げて行ったの。とても恐ろしかった。それにころんだ時にひざもすりむいてしまったの」

と話しました。

お母さんは、

「それはそれは、大変な目に遭ったのね」

と言いながら、麻美ちゃんのひざの傷の手当をしました。

ボクは、いつも優しい麻美ちゃんに、恐ろしい思いをさせたり、痛い目に遭わせたりしたことが悔しいやら恥ずかしいやら、あまりのふがいなさに、長椅子の下でますます小さくなっていました。

そのうち、麻美ちゃんはひざにばんそうこうを張った足を引きずりながら、

「アントニオ、もう出ておいでよ」

と言って、長椅子の下をのぞきました。

ボクは、うれしいやら、すまないやらで、麻美ちゃんに、

「ボクに勇気が無くて、しっぽをまいて逃げ出し、麻美ちゃんだけ置き去りにしてごめんなさい」

とあやまり、麻美ちゃんの手やひざをなめました。

そしてボクは考えました。ボクの先祖は、ドイツで勇敢な狩猟犬として活躍していたのだ。その先祖の血を受け継いで血統書もあるボクには、勇気や闘志もあるはずだ。あんな犬に負けてたまるものか、いつの日か闘って必ず麻美ちゃんのかたきを取ってやろう、と心に誓ったのです。

それからボクは、あの大きな犬に勝つ方法はないかといろいろ考えてみました。その結果、機先を制しジャンプして、あの犬の鼻をかじってやるのが一番効果があると思いつきました。

そして家でジャンプの練習をすることにして、一メートルほどの高さの出窓の上に飛び乗ることをやりました。ボクは生まれつき足が短いのでジャンプは得意ではなく、始めは出窓に前足が掛かる程度で、落ちては背中や腰などを打っていました。しかし毎日毎日練習を繰り返しているうちに楽々と飛び乗ることができるようになりました。

そんなある日のこと、別の道を通って麻美ちゃんと散歩をしていたところ、たまたま例のあの大きな犬が、あちらの方から一匹で歩いて来たのです。

ボクは勇気を出して麻美ちゃんに、

「知らない振りをして歩いていて下さい。そしてボクが『ウッウッ』とうなって伏せをしたら、その革ヒモを放して下さい」

と言いました。

だんだんあの犬が近づいてきて、むこうから威嚇するようにワンワンとほえました。ボクと麻美ちゃんは知らない振りをして歩いて、すぐそばまで来た時、ボクが「ウッウッ」とうなり、伏せをして飛びかかる態勢を取ったので、麻美ちゃんは革ヒモを放しました。

大きな犬はボクが攻撃するとは思ってもいず、足でボクを押さえつけようと片足を上げた瞬間、ボクは飛びかかり相手の鼻っぱしにかみつき横へ飛びのきました。

大きい犬はびっくりしてひっくり返り、鼻のところに血をにじませてキャンキャンと鳴きながら、走って逃げていきました。

麻美ちゃんは、

「アントニオもいざとなったらやるのね、勇気があるんだ」

と言いながら、ボクを抱き締め頭をなでてくれました。

ボクはこれでやっと麻美ちゃんのあだを討つことができ、麻美ちゃんにほめられて、とてもうれしくなりました。

そして麻美ちゃんとボクは意気揚揚と家に帰ったのです。

麻美ちゃんはお母さんに、

「アントニオはとても強いよ。散歩の途中であの大きな犬に出会ったの。そしたらアントニオがジャンプして飛びかかって、あの犬の鼻にかみついたの。あの犬はびっくりしてひっくり返り、キャンキャンキャン鳴きながら逃げていったの」

と話しました。

ボクは少し自慢げにお母さんの足にじゃれつきました。お母さんはしゃがみ、

ボクの頭をなでながら、

「それはそれは、アントニオよくやったのね。もうこれからは、あの犬もアントニオの強いのがわかって、あなたたちにはいたずらをしないでしょう。アントニオが毎日毎日そこの出窓に飛び上がっていたわけがわかりましたよ、ジャンプの練習をしていたのね。利口なアントニオだこと。でもあの犬の傷はどうなのかしら、たいした傷でなければよいけれど」

と言ったので、ボクはお母さんに、

「それは大丈夫です、軽くかみましたから」と言いました。お母さんは、

「それなら安心ね」

と言ってボクの足をきれいにふいてくれました。

それからは麻美ちゃんと散歩の時、あの犬のいる家の前を通っても、大きな犬は、時々こちらを見るけれど、知らない振りをして寝そべっているようになりました。ボクも麻美ちゃんも安心して散歩ができるようになったわけです。

そしてボクは思ったのです。相手が強そうだからといって逃げてばかりいない

で、いざという時には勇気を出して闘うことも大切であると。知恵を出して方法を考えれば、強い相手にも勝つことができるものだということがわかったのです。

これからもボクは勇気を持ち、ますます強くなって、大好きな仲良しの麻美ちゃんを守ろうと誓いました。

雪　女

北国の冬休みは、ところにより一メートル以上の雪が降り積もっている。年末、次郎の村も一面の銀世界だ。小学校六年の次郎は、スキーの回転や大回転を、高校一年の晃一兄さんから教わっている。

小学校のスキー大会は、毎年二月に行われる。前回、次郎は準優勝であった。来年は小学校最後の大会でもあるし優勝しようと、毎日午前中は小学校近くのゲレンデで練習をしている。

今日は午後からお母さんのお使いで、叔母さんから頼まれていた娘の麻衣ちゃんの正月に着る着物ができたので、持っていくことになった。叔母さんの家まではゆるい下り坂なので、次郎はスキーを付けて、道路沿いの畑の上を滑りながら出かけた。

叔母さんの家に着いて麻衣ちゃんの着物を渡し、いとこで中学一年の良夫さんや、小学三年の俊夫ちゃんとストーブで暖をとり、みかんを食べながら来年から行く中学校の話などをしていると、奥の部屋から赤い着物を着た麻衣ちゃんと叔母さんが出て来た。

小学五年の麻衣ちゃんはおてんばで、次郎のケンカ相手でもある。ところが今日は赤い着物がとてもよく似合い、女の子らしく澄ましている。

良夫さんや次郎や俊夫ちゃんが、びっくりして麻衣ちゃんを眺めていると、叔父さんが、

「馬子にも衣装だなあ」

と言った。

良夫さんや次郎や俊夫ちゃんが笑いだすと、麻衣ちゃんは怒りだし、着物をまくり上げていつものおてんばな娘になって、良夫さんや次郎や俊夫ちゃんをけとばして回った。

叔母さんは、

「麻衣、着物を着た時だけでも女の子らしくしなさい」

と言ったが、おさまらない。

そこで良夫さんが、

「麻衣には赤い着物がとても似合うよ」

と言ったので、ふくれた顔をしていた麻衣ちゃんも、やっと笑顔になった。

それから、良夫さん、麻衣ちゃん、俊夫ちゃんと次郎は、四人でトランプのばば抜きをして遊んだ。夢中で遊んでいるうちに、短い冬の日は落ち、外はすっかり暗くなった。

次郎は今日の夕方、晃一兄さんがS市の下宿している親戚から帰って来るのを思い出し、家に帰ることにしてみんなにあいさつをした。

叔母さんや叔父さんや麻衣ちゃんたちは、暗くなったので今夜は泊まって明日の朝帰ったらと言ってくれたが、久しぶりに会う晃一兄さんの顔が見たくて、叔母さんの家を出た。

またスキーを付けて、道路沿いの畑の上を雪明かりを頼りに、少し登り坂になるが長距離の練習のつもりで、家に向かってすべり出した。

家までの道筋に、吉田さんと山崎さんの二軒の家がある。吉田さんの家を通り越し、向こうに山崎さんの家の明かりが見えて来た時、家の回りに植えてある木々の間で、長い黒髪をたらし、白い着物を着た女の人のようなものが、ゆうらりゆうらりと揺れている。

次郎はびっくりして止まり、これが前にお祖父《じい》さんから聞かされた、昔話の中にある「雪女」ではないかと思った。そのとたんに、ぶるぶると身震いがして、恐ろしさに足もすくんで動けなくなってしまった。

次郎は、進むことも引き返すこともできずに、ああ、こんなことなら叔母さんの家に泊まって来ればよかったと思ったが、もうおそい。

そのうちに恐ろしさと寒さで体ががたがたと震えて来て、頭の髪の毛まで逆立ち、奥歯がカチカチと鳴り出してきた。

その時遠くから、

「おおい、そこにいるのは次郎ではないか」

と、晃一兄さんの呼ぶ声が聞こえてきた。

次郎はほっと肩で大きな息をしてから、大きな声を張り上げて、

「はーい、次郎です」

と答えた。

晃一兄さんもスキーで滑りながら、だんだん近づいて来て、

「どうしたのだ次郎、声が震えているぞ。お前がおそいので迎えに来たのだ」

と言った。

次郎が山崎さんの家を指さして、

「あそこに雪女がいるのです。恐ろしくて動けないのです」

と言うと、兄さんは笑いながら、

「いまどき、雪女などいるものか。そばへ行って見ればわかるよ」

と言って、山崎さんの家の方へスキーで滑りながら向かった。次郎も、恐る恐る兄さんの後から滑りながらついて行った。

兄さんは、

「雪女を見つけたぞ」

と言いながら笑い出した。次郎も後ろからよく見ると、それは木と木の間に干してある洗濯物で、黒い布と白い布が干してあったのである。それが風に揺れて、遠くから見ると雪女に見えたのであった。

次郎も、自分が臆病であわてん坊なのに情けなくなり、しかたなく笑ってごまかした。

兄さんは、

「今の世にお化けや幽霊などいるものか。人間は初めから恐怖心を持って物を見ると、それが雪女に見えたり、幽霊に見えたりするものだ。そんな心配するよりも、家までスキーの練習をかねて、兄さんと競争しよう」

と言って「用意ドン」と号令をかけた。

次郎も雪女のことは忘れ、一目散に滑り出した。

次郎は一生懸命に滑るが、なかなか兄さんには追いつかない。

兄さんは前方から、

「次郎、もっとがんばれ、来年は優勝するのだろう」

と言ってきた。

次郎は、

「はい、がんばっています」

と言いながら、兄さんに少しでも追いつこうとするが、兄さんはやはり速い。

次郎は、滑りながらも改めて兄さんの剛胆さに尊敬の念をいだき、兄さんに追いつこうとがんばった。

そのうちに兄さんは家に着き、スキーを外して次郎を待っていてくれた。

兄さんは、

「次郎はまだまだだなあ。その調子では来年の大会の優勝もあぶないぞ。明日からゲレンデで鍛えてやるから覚悟しておけよ」

と言って、笑いながら家に入った。

雄太の夢

自分の部屋で勉強していた雄太に、お母さんが、

「いま、テレビの天気予報のお姉さんが言っていたけれど、今夜の六時十一分ころに、宇宙飛行士の毛利さんが乗っているスペースシャトルのエンデバーが、北の空から東の空へジェット機くらいの速さで飛んで行くのが見えるそうよ」

と教えてくれた。

雄太が時計を見ると、午後の五時三十分であった。数年前に第一回目の飛行を終えた毛利さんがテレビに出演して、宇宙から見た地球の美しさや、宇宙の無重力状態でのいろいろな体験を、ぼくたちにもわかりやすく話してくれたことを思い出した。

宇宙へ行くには、理科の勉強をしっかりやって、健康な身体をもって宇宙飛行士になる訓練に耐えることができれば、だれでも行くことができるとも言っていた。

雄太はそれから宇宙飛行士になる夢を持ち、それまであまり好きではなかった理科や算数の勉強を、いっそう努力してやるようになった。それからはだんだん好きになり、いまでは得意の科目になってしまった。

しかし、それほど簡単に宇宙へ行けるのだろうか。何回目かのスペースシャトルは、打ち上げ後すぐ大爆発したこともあった。死と隣り合わせの宇宙飛行士には、もっともっと大きな壁があったと思う。粘り強い努力と精神力で何枚もの壁を乗り越えて、二度目の宇宙飛行を実現しているのだ。本当に毛利さんは頼もしくて偉い人だと思う。

などといろいろ考えているうちに、腕時計を見ると六時を二、三分過ぎていた。あわててジャンパーを着て双眼鏡を持ち、玄関からマンションの七階の廊下へ出た。するとお母さんや妹の真由美も出て来て、三人並んで時計を見ながら北の空を眺めた。

空は運よく晴れていたが、大分薄暗くなっていた。腕時計を見ると六時十分。双眼鏡で北の空を見ると、そこに小さな光の点の移動するのが見えて来た。お母さんや妹に北の空を指さし、あそこに見える小さな光がエンデバーだよ、と教えてあげた。お母さんや妹は、

「ああ本当だ、あの光がスペースシャトルなのだ。ジェット機が飛んでいるように見えるけれど、すばらしいことだね」

と話している。

雄太が、いま毛利さんは何をしているのだろう、どんな実験をやっているのだろう、などと考えているうちに、エンデバーは東の空へ移動して、山のかなたへ消えてしまった。

ほんのわずかの時間ではあったが、初めて見たスペースシャトルに三人とも興奮して、一度は宇宙を飛んで、宇宙からこの地球を見たいと話した。

お父さんが帰って来て、夕食の時に三人がそれぞれにスペースシャトルの話を

したら、お父さんは、

「それは見たかった、お父さんも宇宙を飛んでみたいものだなあ」

と言った。

その夜、雄太はふとんに入ってからも宇宙旅行のことを考えていたが、いつの間にか眠ってしまった。

いま、雄太は宇宙服を着て、もう一人の高橋隊員と、月の砂地のようなところを宇宙探検車に乗り、砂煙を上げながら、小高い丘の方に向かっていた。よく見ると、丘のふもとに洞窟がある。その前で探検車を止め、懐中電灯を持ってその穴の中へ入って行った。

穴は下り坂になり、しばらく進むと扉があり、開けて中へ入ると、先が見えない長い階段があった。その階段を二人で降りながら雄太は、

〈おかしいなあ、どうしてこんなところに階段があるのだろうか〉

と不思議に思っていた。

下までおりると、また扉があった。その扉を開けてびっくり。地下都市の入り

口になっていたのである。

ＥＴの映画で見たような宇宙人が、

「地球からよくいらっしゃいました。この乗り物に乗って下さい。ご案内します」

と言った。

雄太と高橋隊員は顔を見合わせ、ロケットのような乗り物に乗ると、それは音も無くすごいスピードで走り出した。

間もなく大きなキノコ形の建物の前で止まり、降りると建物の扉が開いた。中へ入るとエレベーターが待っていて、二人が乗ると、どんどん上へ上がっていって止まった。

エレベーターの扉が開くと、宇宙人が数人出迎えて、

「さあ、どうぞこちらへ」

と案内してくれた。

そして一つの扉の前で止まり、

「ここはピース共和国の大統領の執務室です。どうぞお入り下さい」

と扉を開けた。

中は広い部屋で、真ん中に大統領の大きな机があり、応接セットや補佐官たちの机があり、その机にはノートパソコンのようなものが置かれて、その前で補佐官たちがキーをたたいている。大統領の反対側の壁には大きなテレビ画面があり、雄太たちが乗って来た宇宙ロケットが映し出されている。

宇宙人の大統領は、雄太たちのそばへ来て話を始めた。

「地球からよくいらっしゃいました。あなたたちが来られることは、そのテレビ画面で見ておりました。私たちがこの月の地下に都市を造り住んでいるので驚いたことでしょう。私たちは、地球よりももっともっと遠い太陽系以外の星から脱出して、宇宙をさまよっていました。数十年もかけてやっとたどり着いたのが月で、まだだれも住んでいなかったので、ここの地下に住むことにしたのです。

私たちの星は地球より少し小さいのですが、文明は地球よりも進んでいました。その中の一つの国の独裁者が、私たちの星全体を武力で征服しようとして戦争になり、核兵器を使用したため、住んでいた星全体の環境が破壊され、住めなくなってしまいました。自由主義国家であるピース共和国の人々は、数十台のロケットに分乗して脱出して来たのです。

戦争は絶対してはいけません。何の罪もない人々を苦しませ、不幸にし、星全体の環境も破壊してしまいます。地球上でも五十数年前に大きな戦争がありましたが、その後もあちこちで争いがたえませんね。一日も早く平和な地球にして、環境を守ることです。それでなければ、私たちの星と同じようなことになります。

食事の時間ですから、食堂で楽しく食事をしながらお話ししましょう」

大統領はそう言って、次の部屋へ案内してくれた。食堂には、雄太たちがまだ食べたこともないような料理や果物がならべられている。

大統領は、

「私たちは、肉類は身体に良くないので食べません。ですから、成人病と言われる人はほとんどおりません。穀物、野菜、果物、ジュース、ワインなどは、すべて自給自足で、工場で作られております。それではワインで乾杯しましょう」と乾杯してから、

「どうぞお好きなものから食べて下さい」と言ってくれた。

雄太たちは初めて食べるものばかりだけれど、ワインやジュースを飲みながら、どれを食べても美味しく、ぱくぱく食べているうちに酔いがまわって寝てしまった。


「雄太、早く起きなさい」

と、お母さんの声がした。

雄太は起き上がり、あれ、今のは夢だったのか、と夢物語を振り返ってみた。

宇宙も良いが、ピース共和国の大統領も言っておられたように、地球上から一日も早く争いごとを無くして、平和に暮らせるようにすることが大切なのだ。地球温暖化などの環境破壊が進まないように、地球人全体が考え、行動を起こしていかなければ、地球人もいつかはピース共和国のように、どこかの星に逃げ出さなければならなくなるかもしれない。

今日学校へ行ったら、皆にこの夢の話をしよう。平和問題や環境問題など、ぼくたちでできることから、何かを始めていかなければならないのではないか。
雄太は、そう考えた。

美保の夢

美保は小学六年生。

四月の新学期が始まって、まもない日曜日の暖かなよい天気の日、ベランダにイージーチェアを出して日なたぼっこをしているうちに、ついうとうとと眠ってしまったようだ。

美保はモンシロチョウになり、青く澄み渡る大空を自由に飛び回っている。桜の花は満開で、川の土手には菜の花が咲き、畑にはレンゲが咲き、公園の花壇には赤、白、黄色、ピンクのチューリップや、色とりどりのパンジーなどが咲き乱れている。

美保は、自由に飛び回れることが、こんなにも楽しいものなのだとつくづく思った。

そのうち少しおなかがすいたので、どの花のみつを吸おうかと迷っていると、あちらから一匹の蜂が飛んで来て、モンシロチョウの美保を刺そうと追いかけて来た。美保はあわてて左や右にと逃げたが、蜂は追いかけて来る。美保は、もうだめかと、チューリップの花の中に飛び込んだ。美保が観念してじっとしていると、花の外から美保さんと呼ばれた。

あれっと思ってよく見ると、揚羽チョウの俊夫さんであった。美保は、

「俊夫さんもチョウになったのね。今、蜂に追われてチューリップの中に隠れたの、とても恐ろしかった」

俊夫は、

「もうだいじょうぶです、蜂は追い払いました」

美保は俊夫に、

「私はいつも俊夫さんに助けられてばかりいるのね。ありがとうございました。今日は天気もよくて、さっきから飛び回っているうちに蜂に追われたのでおなか

がすいたの、俊夫さんもみつを吸いに行きませんか」

と聞いた。

俊夫は、

「どの花にしましょうか、甘いのはレンゲかなあ」

美保も、

「それがいいわ」

と答え、二匹のチョウは、レンゲの咲いている畑の方へ並んで飛んで行った。

美保と俊夫はたくさん咲いているレンゲの花に舞い降りて、甘いみつをたくさん吸った。

美保はおなかも一杯になり、さっきの恐ろしさも忘れ、

「俊夫さん、どこへ行きましょうか」

と聞いた。俊夫は、

「美保さん、少しお話したいことがあるので、だれもいないところへ行きましょう」

と、桜の咲いている川の方へ飛んで行き、桜の木の上に舞い降りて、花に止まった。

美保は俊夫さんに、

「お話ってなあに」

と聞いた。俊夫は少し顔を赤くしてもじもじしていたが、

「実はぼく、美保さんがとてもとても大好きなのです」

と言った。

美保も顔を少し赤くして、

「私も俊夫さんが前前から大好きでした」

と言った。

美保も俊夫も意志が通じ、お互いにとても嬉しくなった。そして美保は俊夫に、

「桜の木の上で、花に囲まれ恋を語るのもロマンチックね。俊夫さんは将来どんなお仕事をしたいの」

と聞いた。

俊夫は、

「ぼくは、勉強して医者になり、美保さんの足を治してあげたい」

と言ったので、美保はびっくりして、

「私も、勉強して医者になりたいと考えていたの。私は今日まで、いえこれからも、父さん母さんを始め先生や俊夫さんやクラスの人たちなど、いろいろな人たちのお世話になって生きているので、大人になったらその恩返しに、みんなの役に立つ仕事をしたいと思っているの」

二人は同じ道を進むことがわかり、これからも競い合って勉強して、中学校も高校も大学も一緒の学校へ行きましょうと誓い合った。

美保は五歳の時、幼稚園の帰り道に自転車に轢かれて、当たり所が悪く左足を骨折してから松葉杖がないと歩けなくなってしまった。それから今日まで松葉杖の生活を続けて、三年生のころまで通学はお母さんが車で送り迎えしてくれた。その後は先生や学級委員の俊夫さんやクラスのみんなが、カバンや手提げ袋などを持ってくれて一緒に通学している。

美保はいつも明るくみんなに感謝しながら接しているので、みんなも喜んで協力してくれる。勉強は同じ学年で、いつも俊夫と一番を競い合っている。

美保と俊夫は、桜の木の上でのおしゃべりにも飽きて、俊夫が、

「美保さん、少し飛び回りませんか」

と言い、二匹のチョウは手をつなぎ、二人が通っている小学校の方を回り、公園の花壇をめざして舞い降りて行った。

その時小学三年生くらいの子が二人でたも網を持って現れ、二匹のチョウチョウがいたと言いながら、美保と俊夫のチョウに網をかぶせた。二匹のチョウがばたばたとあばれたとたんに、美保は夢からさめて、「ああ夢でよかった」と思った。

その時、お母さんが、

「美保、俊夫さんが遊びに来ましたよ」

と教えてくれた。美保が自分の部屋に入ると、俊夫さんがいすに掛けて待っていた。

俊夫は色とりどりのチューリップの花束を出し、

「家の庭で咲いていたものですが、美保さんは花が大好きなので切ってきました」と言って美保に花束を渡した。

美保は花束を受け取り、

「まあきれい。俊夫さんありがとう」とお礼を言ってから、少し顔を赤くして、俊夫さんに、先ほどのチョウになり俊夫さんと将来を誓い合った夢の話をした。

すると俊夫さんも、昨夜同じ夢を見たことを話したくて遊びに来たのだと言った。二人はあまりの偶然に驚いて、嬉しさや楽しさで一杯になり、俊夫はしっかりと美保の手を握り締め、

「ぼくは、一生涯美保さんの側にいて面倒をみたいのですがいいですか」

と聞いてきた。

美保も嬉しくて、

「私も俊夫さんの側にいて、俊夫さんのお役に立てるように努力します」と、お互いに将来のことを誓い合って、堅く堅く手を握りあったのでした。

ねずみの恩返し

春のある日、ゆりかは学校から帰って、お母さんに頼まれた物を取りに物置へ行った。

ゆりかが物置に入ると、すみの方でねずみの鳴き声がした。鳴き声のする方へ行ってみると、大きな深いバケツの中に、かわいいねずみが二匹入って出られないでいた。

ねずみはゆりかを見つめて、

「バケツのふたがひっくり返って中に落ちて、もう四日もいるのです。食べ物が無くておなかがペコペコで餓死しそうなのです。いつもいたずらをしているので、お母さんでは川へ捨てられます。ゆりかさんが来るのを待っていました。もういたずらはしませんから命を助けて下さい」

と、手をすり合わせてお願いしている。

ゆりかはかわいそうになり、ねずみたちに、

「もういたずらをしないと約束するのなら出してあげましょう」

と話をしてから、バケツを横に倒し、ねずみたちをバケツから出してあげた。

ねずみたちは、とても嬉しそうに、

「ゆりかさんは命の恩人です、これで餓死せずに助かりました。ありがとうございます」

と言った。ゆりかは、

「ねずみさん、おなかがすいているのでしょう。ちょっと待っていなさい。いま、食べ物を持ってきてあげるから」

と言って家に帰り、お母さんに内緒で牛乳とおやつのビスケットを持って戻って来た。ゆりかは、

「ねずみさんたち、これを食べて元気になってね。もういたずらをしてはだめで

すよ」

と言って、牛乳とビスケットを与えた。ねずみたちは、喜んで飲んだり食べたりしたあと、ゆりかにお礼を言った。

それからゆりかは、お母さんから言われた物を取り、家に帰った。

それからしばらくして、お母さんがおばあさんに、「最近、物置の野菜などがねずみにかじられなくなりましたよ。ねずみたちがいなくなったのかしら」と話しているのを聞いて、ゆりかはねずみたちが約束を守っているのだと思っていた。

それからも時々、おやつのビスケットを持って物置へ行き、ねずみたちに食べさせたり、お話をしたりして遊ぶようになった。

梅雨で長雨が続いた六月末のある日の夜、テレビでは、この地方に洪水警報が出ていると言っていた。そして、ゆりかが寝ていると、耳元で「ゆりかさん」と呼ぶ声が聞こえて来たので、ゆりかはびっくりして目ざめ、枕元の電気をつけた。

そこには二匹のねずみが、ちょこなんとしている。

ゆりかがねずみたちに、「どうしたの」と尋ねると、ねずみは、

「ゆりかさん、いつかは命を助けていただいたり、それからもビスケットをもらったりしてありがとうございました。今夜はこの長雨で、道路の向こう側の佐田川が洪水になるので、ゆりかさんに知らせに来ました。早く避難して下さい」

と言った。ゆりかは、

「ねずみさんたちありがとう、あなたたちも早く逃げなさいよ」

と言って、お父さん、お母さん、おばあちゃん、お兄さんと起こして回り、今、ねずみたちから聞いたことを話した。

お父さんはすぐに、カッパを着て長靴をはき、川の増水を見に行った。

お父さんはすぐに戻って来て、

「本当に洪水になりそうだ。お母さん、おばあちゃん、ゆりかは、早く着替えなどをリュックに詰めて、自動車で高台の小学校に避難しなさい。健太は中学生だから、お父さんの手伝いをしてくれ」

と指示をした。

ゆりかはお父さんに、

「ねずみたちは避難したのかしら」

と聞いた。お父さんは、

「ねずみたちのような動物は、本能的に危険を知っているから、安全な所に逃げたと思う」

と言った。そのうちに、お母さんは素早く用意して、おばあさんとゆりかを連れ、自動車で小学校へ避難した。

お父さんと健太が二人で、ぬらしては困る物を二階へ運んでいる時、町役場の避難勧告のサイレンが鳴り出した。

二人が運び終わって、ほっとして窓から外を見たら、雨足は早く、家の前の道路は水かさが増え、濁流がごうごうと流れている。と見る間に、濁流が家の中に流れ込んできて、電灯も消えてしまった。

お父さんと健太は急いで二階へ上がり、お父さんはろうそくをともし、

「お父さんが起きているから、健太は横になって寝なさい」

と言ったので、健太は横になったが、なかなか寝つかれない。

そのうち、夜が明けてくると共に雨もやみ、濁流の水位も下がったので、お父さんと健太は階下に降りてみると、濁流は引き、畳の上から約一メートルまで濁水の跡がついていた。

空には太陽も顔を見せている。避難した人々も徒歩で家路を急いでいる。お父さんと健太が水道からホースで水を掛けながら、濁水でよごれた所を洗っていると、お母さんとゆりかが戻って来た。お母さんは、

「お父さんも健太も大丈夫でしたか、心配しておりました」

と言った。お父さんと健太は、この通り元気だよ、と踊り出したので、みんなが大笑いした。

お父さんが、

「ゆりか、昨夜の洪水をねずみが教えてくれたって本当か」

と聞いたので、ゆりかは、ねずみたちを助けてあげたことや、昨夜のねずみたちのことを詳しく話した。お父さんは、

「これはいい話だ。ねずみたちの恩返しだなあ」

と言い、お母さんは、

「最近、物置の野菜などがねずみにかじられなくなったので、おばあちゃんと不思議に思っておりましたが、そういうことだったのね」

と話した。

ゆりかは、ねずみたちのことが気になって、物置へ走った。

二階に上がると、「ねずみさん、ねずみさん」と呼んだ。

すると物陰から元気な二匹のねずみが出て来て、

「ゆりかさんもお元気でよかった、心配しておりました」

と言った。ゆりかは、ねずみたちに、

「あなたたちのお陰で、家中のみんなが助かったの、本当にありがとう。これからも助け合って、仲良くしましょうね」

と言って、ねずみたちと堅く約束しました。

アリさんのお家

たけしの家の庭の片すみに、アリさんたちが巣を作りました。たけしは、日に一度はアリさんの行列を見るのが、とても楽しみでした。アリさんは列を作って、虫の死骸や、穀物の種、たけしが細かく割ってあげたビスケットなどを、数匹で持って巣の穴まで運んで行きます。たけしは、アリさんの巣の中はどんなになっているのだろうか、中に入って見てみたいものだなあといつも思っていました。

そんなある日のこと、朝から大雨が降っていて、学校から帰ったたけしは、心配でアリさんの巣を見に行きました。巣の回りは雨水がたまって、もうすぐアリさんの巣の穴の中に流れ込みそうです。たけしは大急ぎで家に入り、

「お母さん、アリさんの巣に、もうすぐ雨水が流れ込みそうなんだよ」

と言いました。お母さんは、

「それは大変ね、何かいい物がないかしら」と言って少し考えてから、

「そうだ、かんジュースのあいたのがあった」と、台所からあきかんを持って来ました。

かんの下側の胴の部分に数個の穴をあけ、ふたをかん切りで切り取ってたけしに渡し、

「かんを逆さにしてアリさんの巣の上にかぶせ、庭の石で少したたいてから、周りに土を少し盛り上げておくと、雨水が流れ込まないわ」

と教えました。

たけしはカッパを着てアリさんの巣に行き、お母さんに教えてもらったようにしました。

「これでアリさんの巣に雨水が入らないぞ」

その夜、たけしは、「アリさんたちも安心して寝ているだろうなあ」と思いなが

ら寝ました。

翌日は雨も上がり、太陽がさんさんと輝いていました。たけしがアリさんの巣へ行ってみると、雨水も引き、アリさんの巣はかんに守られて、雨水が流れ込まずにすんでいました。ホッとして、たけしは学校へ行きました。

一日の授業が終わり、学校から帰ったたけしがアリさんの巣へ行ってみると、いつものようにアリさんたちはせっせと働いていました。

たけしはお母さんからおやつのビスケットをもらうと、アリさんの巣に戻り、細かく割り、アリさんの通り道にまいてあげました。アリさんたちは、ビスケットのくずを持って、巣の中へ運んで行きました。

しばらくすると、巣の中から、働きアリより大きな兵隊アリが一匹出て来て、

「たけし君、たけし君」

と呼びます。ビックリして声のする方を見ると、兵隊アリさんが、

「昨日はありがとうございました。たけし君のお陰で巣に雨水が入りませんでし

た。みんな大喜びで、たけし君を私たちの巣へ招待しようということになりました。一緒に来て下さい」

と言うのです。

たけしは大変嬉しくなりました。

「僕のしたことが、アリさんたちの役にたったのだ」

一度は見たいと思っていたアリさんの巣。さっそく兵隊アリさんと一緒に行こうと思ったけれど、巣の穴は小さくてとても中には入れません。

すると兵隊アリさんは、

「このままではとても入れませんね。今、たけし君の身体を小さくしてあげます」

と言って、何やら棒のようなものを取り出して、振りながら、

「小さな小さなたけし君」

と唱え始めました。すると、たけしの身体はみるみる小さくなり、兵隊アリさんと同じ大きさになりました。たけしはびっくりして、

「ぼくはこのままになってしまうの」

とアリさんに聞きました。アリさんは、

「いいえ、巣から出て来ましたら元の身体に戻してあげますから、ご安心下さい」

と言いながら、巣の穴へと入って行きました。

入り口には兵隊アリの番兵さんがいて、

「昨日はありがとうございました。女王様や兵隊アリ、働きアリなど、みんなが待っております」

と言いました。

たけしはアリさんについて、穴の中の何本もある迷路のような通路の一本を降りて行きました。

ほかの通路には、働きアリさんたちが忙しそうに行ったり来たりしています。

始めに女王様の部屋に連れられて行きました。女王様はとてもきれいな冠をかぶり、世話をする働きアリたちに囲まれて、

「たけし君、よくいらっしゃいました。昨日は本当にありがとう、たけし君のお陰で、みんながおぼれずにすみました。ゆっくり遊んで行って下さい」

と言いました。

いろいろごちそうになった後、女王様は、

「巣の中も見て行って下さい」

と、たけしと一緒に来た兵隊アリに、案内するように言いました。

最初に行ったのが「幼虫の部屋」。たくさんの幼虫がうごめいて、働きアリが、ふんなどの世話をしていました。

次は「さなぎの部屋」。ここにもたくさんのさなぎがいて、幼虫からさなぎになるとここへ運ばれて来るらしいのです。

「幼虫やさなぎは、体内に貯蔵されている脂肪組織を栄養として成虫になります」

と説明してもらいました。そしてどちらの部屋にも働きアリがいて、お世話やお掃除をしているとのこと。

そのほかにも「虫の死骸」の部屋、「穀物の種」の部屋、「倉庫」の部屋など、いくつもありました。そして、アリさんたちの住んでいる「兵隊アリ」の部屋、「働きアリ」の部屋もいくつもあり、まるで一つの大きなビルディングのようでした。

兵隊アリさんの部屋では、戦闘の訓練をしているもの、武器を研いでいるもの、夜勤で寝ているものもいました。働きアリさんの部屋では、道具を作ったり、小さい子アリと遊んでいるもの、寝ているものもいました。どのアリさんたちも、たけしを見ると、とても喜んで握手をしてくれました。

たけしは、見る物聞く物すべてが珍しくて、とても楽しみました。

最後に女王様の部屋に行ってお礼を言い、アリさんの案内で巣の入り口まで帰って来ました。

するとアリさんは、また棒のようなものを取り出して、振りながら、

「大きな大きなたけし君」

と唱えました。たけしの身体はどんどん大きくなって、元の大きさに戻ったのです。たけしはアリさんに、

「いろいろありがとう。ごちそうになったり、珍しいものもたくさん見せてもらったり、とても楽しかったよ。女王様によろしくお伝え下さい」

と言って、アリさんと別れて家へ帰りました。

「ただいま」と玄関に入ると、お母さんが、

「お帰り、今までどこへ行っていたの。お使いに行ってもらおうと思って、庭やその辺を捜したのよ」

と言いました。

たけしは、アリさんと一緒に楽しんで来たことをお母さんに話しました。お母さんは、

「夢みたいな話だけれど、それはよかったね。これからも、動物や昆虫などの命は大切に守ってあげましょうね」

と言いました。

たけしも、嬉しそうにうなずいたのでした。

ポンタのケガ

居間で家族とテレビを見ていた明夫は、時々窓から庭を眺めて、

「今日は遅いなあ」

と言って不安な顔をしていました。お母さんも、

「いつもはもう来ている時間なのに、どうしたのかしら」

と時計を眺めたら、八時半でした。その時、縁側の雨戸を、とんとんとたたく音が聞こえて来ました。


明夫はにっこりして、台所からえさの入った丸いかんを持って来て、縁側の雨戸を開けました。庭には、お父さんタヌキの太郎が、子ダヌキのポンタをくわえています。そばにお母さんタヌキの花子と、ポンタの弟のパンタがいました。し

かし、いつもと様子が違います。

明夫は、

「お父さーん、お母さーん、ポンタが変だよ」

と叫びました。お父さんとお母さんが飛んできて、お父さんは庭ゲタをつっかけながら太郎のそばへ行きました。

「ポンタ、どうした」と言いながら、太郎からポンタを受け取ると、ポンタはぐったりして背中から血を流していました。

お父さんは、

「これは大変だ、すぐ病院へ連れて行かなければ!」

と、お母さんにバスタオルの古いものを持って来てもらい、タヌキたちに、

「ポンタを病院に連れて行って、手当をしてもらって来るから心配しないで待っていなさいよ」

と言って、タオルでポンタを包み、明夫に渡し、

「しっかり持っていなさい、お父さんは車を運転するから」

と、二人で車庫へ急ぎました。

お父さんはエンジンをかけ、明夫はポンタをしっかり抱いて助手席に乗りました。お父さんは街の獣医さんへ車を走らせました。

タヌキの夫婦は、三年くらい前から明夫の家の裏山に住み着き、それから夜になると時々庭に出て来て二匹で遊ぶようになっていました。

昨年冬の大雪が続いた夜に、明夫が窓から外のよく降る雪を眺めて、明日も学校から帰ったらスキーを滑ろうか、それとも雪だるまを作ろうか、などと思いながら、ひょいと見ると、タヌキが二匹出て来て窓を見上げています。明夫はお母さんに、

「タヌキが出て来てこっちを見ているよ」

と言ったので、お母さんも窓に来て外を見ました。

お母さんは、

「きっとこの雪で食べ物がないのよ、食べ物を求めて出て来たのでしょう」

と言って、夕食の残り物を持って縁側の雨戸を開けて、タヌキたちに、これを

食べなさいと庭石の上に置きました。二匹のタヌキはおなかをすかせていたのか、パクパクと食べました。

それからお母さんはドッグフードを買ってきて、タヌキたちに夜だけ与えるようになりました。タヌキたちも毎晩八時ごろになると、雨戸をとんとんとたたいて、えさをもらいに来るようになり、明夫の家族とすっかり仲良くなりました。明夫が手の上にのせたえさでも食べたり、頭や背中をなでても逃げなくなり、野球のボールやサッカーボールを転がして、一緒に遊ぶようになったのです。

そして今年の六月、二匹の子ダヌキが生まれたので、ポンタにパンタと名前をつけました。

毎晩、親ダヌキと一緒に二匹の子ダヌキたちも、えさをもらいに来るようになり、二匹の子ダヌキたちは、すぐに明夫や妹の朝美と仲良くなって、じゃれついたりボールを転がしたりして遊ぶようになりました。

やっと獣医さんの家に着くと、お母さんからの電話で獣医さんが待っていてくれました。

獣医さんは、明夫からポンタを受け取り、治療台に乗せて診察を始めました。ポンタのからだをあちこち診て、お父さんに、

「ああ、これは野犬にかまれた傷ですね。深くないので縫うこともないでしょう。狂犬病の予防と化膿止めの注射をして、傷薬をぬっておきましょう」

と言って、傷の回りの毛をハサミで切り、傷薬をぬり、注射をしてくれました。そして軟膏を出し、

「一日三回くらいぬってあげて下さい」

と言いました。お父さんはお礼を言い治療代を払って、明夫はポンタを抱いて車で家に戻りました。

家ではお母さん、おばあちゃん、朝美、それと親子三匹のタヌキたちも、心配そうに待っていました。

お父さんはみんなに、

「野犬にかまれた傷だそうだけれど、心配するほどの傷ではないそうだよ。野犬がいると危険だから、今夜はタヌキたちを縁側に寝かせてあげよう」

と言って、物置からダンボール箱を二つ持って来て中に新聞紙を破って敷き詰め、タヌキの親子に、

「今夜はこの中で安心して寝なさい」

と言いながら、明夫からポンタを受け取り箱の中に寝かせました。

明夫は庭に降りて、パンタや親ダヌキたちを二匹ずつ箱の中に入れてやりました。親ダヌキの花子は、ポンタをなめてあげています。お母さんは、

「これで安心だね。明日は日曜日だから、お前たちもゆっくり寝なさいよ」

と言って、みんなは居間へ引き上げました。

翌朝、明夫はいつもより早く目をさまし、二階からタヌキたちのいる縁側へ、急いで見に行きました。

縁側では、子ダヌキたちがじゃれついて遊んでいます。明夫は元気なポンタを見て、よかったなあとつくづく思いました。そしてポンタをつかまえて、背中の傷に薬をぬってあげてから、起きて来た朝美と一緒にポンタやパンタと遊びました。親ダヌキたちは安心したように、箱の中から明夫兄妹や子ダヌキたちを眺め

ていました。

朝食の時、お父さんが、

「お母さんとも話したんだが、野犬にポンタたちがまたかまれる危険があるので、大きくなるまで古い鶏小屋を修理して住まわせることにしたらどうだろう」

と、みんなに提案しました。

家族は、一日中タヌキたちと遊べるので大賛成。お父さんは小屋を点検して、必要な板や金網などを、明夫と一緒に街に買いに行きました。

家に戻ると、お父さんと明夫は、小屋をがんじょうに修理し、野犬が入れないようにしました。

家からタヌキを連れてきて、小屋の中に入れてやると、ポンタやパンタは喜んではね回って遊んでいます。親ダヌキたちは、お父さんお母さんや明夫たちを、じっと見つめていました。

真っ白な子イヌ

ひろ美はある町の小学校の五年生。十月のある日の朝、食事の時に朝方に見た夢をお母さんに話した。

「学校へ行く途中の稲刈りの終わったたんぼに、何か白いものがころころと転がっているのが見えるの。だんだん近づいて行ってよく見ると、それは真っ白な子イヌが、転がるように走り回っているのよ。ひろ美がそばへ行くと、子イヌは飛んで来たの。あまりのかわいさに抱き上げて、頭をなでてやると、クンクンと鼻を鳴らし、尾を振り、手をなめるの。それはそれはとてもかわいい子イヌだったの。本当は家で飼いたかったけれど、マンションで飼うことができないので、仕方なくそこへ置いて、頭をなでて、飼ってあげられなくてごめんね、と言って学校へ行ったの。それはそれは、とてもかわいい子イヌだったのよ」

「それは楽しい夢だったのね。きっと四年前に飼っていた、ダックスフントのアントニオを思い出したのかもしれないね」

「お父さんの転勤がなければ、今ごろはアントニオと遊んでいたかもね。でも仕方ないか。あ、遅くなる、行ってまいります」

「車に気をつけてね、行ってらっしゃい」

ひろ美は元気に学校へ出かけていった。

ひろ美は、いつもの道を学校へ急いだ。そしてお母さんにも話した、夢に出て来たたんぼのそばを歩いていると、たんぼのすみにダンボール箱が置いてある。

おや、何だろうと近づくと、箱の中から子イヌの鳴き声が聞こえて来た。急いでフタを開けてみると、中には真っ白なかわいい子イヌが一匹と、アンパン一個と牛乳パックが一個入っていて、便箋に、

〝どなたか、この子イヌをかわいがってやって下さい。よろしくお願いします〟

と書いてあった。

ひろ美は一瞬夢の続きを見ているのかと思い、ほっぺたをつねってみたら、とても痛かった。

子イヌは大好きだけれど、家では飼えない。考えついたのが、学校のグラウンドの後ろにある同じクラスの新美佳子さんの家の農具小屋で、差し当たってあの小屋へ入れておくことにした。

ひろ美は急いで箱を持ち上げ、先生に会わないように裏道を急いだ。やっと小屋に着いたら、額から汗が流れた。

そっと小屋の戸を開けてみると、中には農機具やワラや縄などが置いてあるだけで、広く感じた。ここなら農家の人も来春まで使わないから、誰にもわからず飼うことができると思い、箱を中に入れてフタを開けた。

牛乳パックを開き、アンパンの袋を破り、また後で来るからさみしくても我慢するんだよと頭をなでた。子イヌはクンクン鳴いていたが、戸を閉めて学校へ急いだ。

午前の授業が始まったが、子イヌのことが気になり、勉強にも身が入らず、窓からグラウンドの後ろの小屋ばかり眺めていた。

受持ちの小島真理子先生からも、一度「ひろ美さん、どこを見ているの」と注意を受けた。

そして午前の授業も終わり、給食となった。

ひろ美はパンを半分残して、ティッシュペーパーに包み、そっと教室を抜け出し、裏道から小屋へと急いだ。

戸を開け中へ入ってみると、箱の中から子イヌがクンクンと鳴いて、「さみしかったよ」と言っているみたい。さっそく抱き上げて、持って来たパンをやると、おいしそうにパクパクと食べた。牛乳パックを取ってやると、顔を突っ込んでペロペロと飲み、またパンをパクパクと食べた。

そういえば、子イヌにはまだ名前がなかったんだ。何とつけようかな。真っ白だから「シロ」か「ホワイト」か、それともアントニオにしようかと考えている時、後ろから小島先生の声がした。

「ひろ美さん、こんなところにいたの」

「ああ、びっくりした。とうとう先生に見つかっちゃった」

「先生にも見せてよ。とてもかわいい子イヌね。この子イヌどうしたの」

ひろ美は朝からのことを先生に話した。

「ひろ美さん、今日は朝からそわそわしているし、どうも変だと思っていたの。授業中は外ばかり眺めているし、給食のパンは半分しか食べないでしょう。それでひろ美さんが教室から出て行った時から、どこへ行くのかと思って、そっと後を付けて来たの」

「先生、私が夢にまで見たこの子イヌ、きっと神様がひろ美に、かわいがって育ててやりなさいと言っているような気がするの。私がこの子イヌの世話をしますから、何とかして飼ってあげることはできないでしょうか。家はマンションで飼えないし、このままにしておくと、死んでしまうでしょう。私にはそんなかわいそうなことできないもの」

ひろ美はそう言って、先生に頭を下げてお願いした。

「私の家も、先生が小さい時から父が犬好きで、大きなシェパードを飼っていたのよ。でも先生が高校生の時に、老衰で死んでしまった。死ぬ時はとてもかわいそうで、一晩泣き明かしたわ。その後、父がまたシェパードの子イヌを買って来て育てたの。今では立派な成犬になったわ。イヌは飼い主になつくので、とてもかわいいものよ」

「先生もイヌをよく知っているのですね。それはちょうどよかった。何とかこのイヌを飼えるように考えて下さい」

「困ったわね。それでは、一度教頭先生と相談してみましょう。午後のホームルームの時間に、みんなで話し合うことにしましょう。それと、この小屋は新美さんの家のものね、四、五日使わせてもらうように、電話でお願いしておきましょう」

ひろ美は子イヌを抱き上げ、先生に向けて子イヌの頭を下げさせ、自分も一緒に、

「先生お願いします」

と言って頭を下げた。

先生はにこにこしながら、

「うまく行くようにがんばってみますからね。さあ、皆のところへもどりましょう」

と言った。

ひろ美は子イヌを箱にもどして小屋の戸を閉め、先生と一緒にグラウンドにもどった。

小島先生は職員室で教頭先生を見つけ、

「先生、お話したいことがあるのですが、よろしいでしょうか」

と言った。

教頭先生は、

「何のお話ですか。応接室へ行きましょう」と言いながら、応接室のドアを開けて中へ入った。小島先生も続いて入り、ドアを閉めて教頭先生の前に座った。

そして、ひろ美や子イヌのことを教頭先生に話した。

教頭先生は、

「わかりました。うさぎは本校やほかの学校でも飼っていますが、イヌはかみつく習性があるので、もしも子供たちがかまれたら大変なことになりますからね」

「それは十分わかっております。私の考えを申しますと、飼う場所は、グラウンドの入り口とうさぎ小屋の間の空き地がよいと思います。金網を張って中に小屋を置き、イヌは鎖でつなぎ、入り口は常に施錠して、えさをやる当番が開ける。運動は当番がお昼休み時間にさせることにしますが、鎖は付けたままとする。

時機をみて、口籠《くちかご》のような、かみつき防止のわっかを取り付けさせます。そしてえさは給食の余ったものをやり、土日はドッグフードをやることにします。ひろ美さんは当地へ来る前までイヌを飼っていて、扱いがとても上手、他にもイヌを飼っている子供たちがいると思います。私も小さい時からシェパードを家で飼っていたものですから、イヌについての知識は多少は持っています。また、午後の授業の始めはホームルームの時間ですので、クラスの子供たちと、十分な話し合いをしようと考えております。それにもう一つ重要なことは、子供たちに『動物に対する愛情や命の大切さ』を教えてやりたいのです」

「小島先生は、そこまで深く考えておられたのですね。私からは何も言うことはありません。それでは校長先生にお話しして、正式に許可をもらうことにしましょう。さっそく校長先生のところへ行って来ます。許可をもらうことができましたら、先生の教室まで知らせに行きます」

「教頭先生、何とか子供たちの夢がかなえられるようにお願いいたします」

午後の授業開始のベルが鳴り、教頭先生は校長室へ、小島先生は五年二組の教室へと急いだ。

小島先生が話し始めた。

「それでは今からホームルームの授業を始めます。今日の議題ですが、今ここに一匹の子イヌがいたとします。この子イヌはそのまま放っておくと死んでしまうような状態です。それでみなさんに聞きたいのは、この子イヌが死んでもよいか、それとも生かしてあげたいかなのですが、生かすとなればみなさんが世話をすることになります。世話をしてもよいと思う人は手を上げて下さい」

全員が「はい」と挙手をした。

「みなさんはイヌが好きなのですね。それと、命を大切にすることは大変よいことです。ではみなさん、どうやったら子イヌをみんなで飼えるかについて、検討して下さい。議長は学級委員の江川君、書記は大橋さん。それでは、大橋さんからこの子イヌについて、事情を説明して下さい」

大橋さんは、「はい、わかりました」と、今朝からのことをクラスのみんなに話した。クラスのみんなは、かわいいだろうな、早く見たいなあとささやきあった。

その後、小島先生は、教頭先生とお話して来たことを説明した。

「では、みなさんの家で現在イヌを飼っている人、またはイヌを飼ったことのある人は手を上げて下さい」

「はい」と挙手した人を先生は数えた。

「四十二人中に、十五人もいるのですね。これは頼もしいです。それでは議長、討議に入って下さい」

議長が、

「今の先生の質問により、クラスの全員がイヌが好きなことはわかりました。しかし、飼うとなるといろいろ問題が出て来ます。まず、飼う場所は先生のお話でわかりましたが、金網を張るとか、小屋を作るのはどうしますか」

と問題点をあげると、先生が、

「それは用務員のおじさんにお願いしてみます。またみなさんも、放課後お手伝いできる人はおじさんに協力して下さい」

と答えた。

クラスの全員が協力に賛成。

それから議長を中心に、えさをやることや散歩、小屋のそうじなどの当番を、一組三名と決めた。組の編成は先生にお願いし、給食のない日や休みの日にやる、えさのドッグフードを購入するための資金として、月に一人三十円、クラス全員から寄付してもらうことにし、会計は大橋さんにやってもらうことにした。また当番が、その日のイヌの体重の測定や健康状態などを、飼育日記に毎日記入すること、などを決めた。

最後に子イヌの名前を決めることになり、みんなからいろいろな名前が出た。

その中からみんなで選び、「シロー」と名付けた。

その時、教室のドアをノックする音が聞こえ、全員が注目すると、教頭先生がニコニコしながら入っていらした。

「ただ今、校長先生からイヌを飼ってもよいという正式な許可をもらいました。ただし、自分たちやほかの生徒も含めて、かまれないように注意して下さい。後は小島先生がイヌについてはよく知っておられるので、先生から聞いて下さい。それでは小島先生、よろしく」

「教頭先生にご面倒なことをお願いして、いろいろありがとうございました。子供たちも大喜びです。全員で教頭先生にお礼を言いましょう」

生徒全員が、

「教頭先生ありがとうございます」

とお礼を言った。

教頭先生は、

「みなさんが大変喜んでくれてよかった。みなさんのお役に立てて先生も嬉しいです。小島先生のお話をよく聞いて、事故のないように、動物に対する愛情や命の大切さを経験して学んで下さい」

と言って教室から出て行った。

その後、小島先生が話を続けた。

「それでは先生から、イヌの習性についてお話します。イヌという動物は、人間には大変慣れやすい動物ですが、習性を覚えていないとかまれたりしますので、みなさんはよく覚えて下さい。もっとも大切なことから黒板に書き説明しますから、みなさんはノートをとって下さい」

一、人間はリーダーで、イヌはリーダーに従う者であること。

「言い替えると、人間は親分でイヌは子分です。みなさんは常に自分の考えを持ち、イヌを子分として従わせることです。従わない時には、たたいてもかまいません。これはいじめとは違いますよ。

もしもシローがみなさんの言うことを聞かず、仕付けができない時は、先生がフォルスターという仕付け用の道具を持って来ます。しかし、今度飼うのは子イヌですから、仕付けはやりやすいと思います」

二、毎日イヌと接する中で。

イ　散歩する時の道順の主導権はみなさんがとり、イヌを勝手に歩かせないこと。

ロ　えさは、決められた時間以外には与えないこと。

ハ　人間の座っているいすなどに、イヌが勝手に座ったりした時は、すぐ降ろすこと。

ニ　イヌの好きなものを与える時は、三回くらい位置などを変えて、お座りなどをさせてから与えること。

ホ　最後に、動物に接する時に一番大切なことは、愛情を持って接すること。

「かわいがり愛する心を持ってイヌに向き合うと、自然にイヌにも伝わるものです。

今お話したことを忘れないようにして下さい。それから、今イヌを入れている小屋は新美さんの家の小屋ですから、新しい小屋ができるまで使わせてもらうように、先生から電話でお願いしておきます。小屋を作る件についても、用務員さんにお願いして、材料などもあるのか聞いてみます。それに、狂犬病の注射は、明日にでも先生が連れて行きます。質問は、ありませんか？　それではホームルームの時間を終わります」

学級委員の江川君が号令をかけた。

「起立、礼、着席」

クラスのみんなが、これから楽しくなるなあ、早くイヌが見たい、かわいいだろうなあ、などと騒いでいるうちに、六時間目のベルが鳴り、小島先生が来て社会科の時間が始まった。そして授業が終わった後、先生からイヌ小屋についてお話があった。

「用務員のおじさんに、イヌ小屋の製作をお願いして来ました。おじさんもイヌ好きで、快く引き受けて下さいました。金網はうさぎ小屋の余ったものがあるのでそれを使い、柱やさんや板も、使っていないものがあるから、小屋も作れます。

それとおじさんは、今日は図面を書くので、明日の放課後からお手伝いして下さいとのことですから、みなさんは明日からお手伝いして下さい。

それに、今日からえさをやらなければなりません。用務員のおじさんにお願いしてありますから、ひろ美さんは用務員のおじさんからえさをもらって、シローのところへ持って行き食べさせて下さい。新美さんや他の人たちも、子イヌを見たいなら、一緒に行ってもいいですよ」

ひろ美は、授業が終わると用務員のおじさんからえさをもらい、みんなと新美さんの小屋へ行き、シローにえさをやった。みんなは、かわいいと大騒ぎであった。

ひろ美は学校から帰り、お母さんに今日一日のことを話した。

お母さんは、

「夢が実現したのね。小さなイヌでも命は大切なものです。愛情を持って、厳しく仕付けて、立派な犬に育てなさい」

と言ってくれた。

それからみんなも、放課後は用務員のおじさんのお手伝いをして、一週間ほどで、りっぱなイヌ小屋が完成した。

今日は放課後に、ひろ美、江川君、新美さん、佐々木さんと、シローを新しいイヌ小屋へ連れて来て放した。

教頭先生や小島先生、他の先生方を始め、用務員のおじさんやひろ美のクラス、他の生徒もたくさん集まり、みんなが拍手で迎えた。

シローは金網の中を嬉しそうに走り回って、キャンキャンと鳴きながら、「みなさんありがとう」と言っているようだ。

この日から、ひろ美たちみんなとシローの飼育生活が始まった。そしてこの約五カ月間、土日に出て来てえさをやるのを忘れた子がいたり、シローにおしっこをかけられた子がいたり、散歩の途中に首輪が外れて、つかまえるのに大騒ぎしたり、錠を掛け忘れて、シローが校舎の一年一組の教室に入って大騒ぎになったりしたこともあった。でも、ひろ美や新美さん、佐藤君、佐々木さん、江川君などが主役となり、小島先生の言い付けを守って飼育に取り組んだことにより、五年生の三学期の終わりころにはシローの体重も増えて、一回りも大きなイヌになり、仕付けの面でもみんなが懸命に教えたので、お座り、お手、ちんちんやお預けなどを覚えた。

ひろ美たちは六年生になった。

一学期も無事過ぎ、二学期も冬休みになった十二月二十四日のクリスマス・イブの日、斎藤先生は、先輩であり碁がたきでもある吉田先生のところへ遊びに行き、夜の十二時過ぎに下宿に帰るため夜道を急ぎ、学校のグラウンドの近くまで来た時、シローのほえる声を聞いた。

シローがほえるなんてめずらしいなあと思いながら、グラウンドに入り校舎の方を見ると、職員室の戸が開き、中で懐中電灯の明かりがちらちら見える。斎藤先生は、過日校長先生から聞いた、最近この付近の市町村の学校を荒らしている「どろぼう」ではないかと思った。

そしてシローの小屋へ行き、どろぼうに見つからないように、ライターの明かりで数字合わせの錠前の数字を、シロー（四六〇）と合わせて戸を開き、シローの首輪を持ち職員室へと急いだ。少し手前でシローを放し、「行け」と背中をたたくと、シローは大きな声でワンワンほえながら、職員室の中へ飛び込んで行った。斎藤先生も飛び込んで、壁の電灯のスイッチを押し点灯した。どろぼうは、シローがきばをむき出し、今にも飛び掛からんばかりにウォウォッとほえるために、壁のすみに追い詰められていた。見ると、先生方の机の引き出しが引き出され、かき回されていた。

斎藤先生は一一〇番に電話して、縄飛びの縄を持ってどろぼうに近づき、

「俺は学生時代柔道をやっていたから、相手になるぞ」

と言うと、どろぼうは、

「とんでもありません、学校で番犬を飼っているとは思わなかったし、小屋に入っているので大丈夫だと思った。もうあばれたりしません、観念しました」

と両手を差し出した。

先生は、どろぼうの手を縄飛びの縄でしばった。シローは、どろぼうがしばられたのを見て安心したのか、ほえるのをやめて先生のそばにお座りをしている。

先生は、シローよくやったと頭をなでてやり、よく見ると、首の上が少し赤くなっている。

パトカーのサイレンが鳴り、おまわりさんが三人駆け込んで来た。

斎藤先生がどろぼうを渡すと、どろぼうに手錠をかけ、

「よくつかまえてくれました。ありがとう」

と言ったので、先生は頭をかきながら、

「礼ならこのシローに言って下さい。こいつがいなかったら、どろぼうを捕らえることはできなかったかもしれません」

と笑った。

おまわりさんはシローの頭をなでて「ありがとう」と言った後、先生に、

「首のところをけがしているようです。どろぼうの持っていた、ドライバーが当たったのかもしれません。よく見てあげて下さい」

と言い、どろぼうを連れてパトカーに乗った。そして、

「この後、現場検証に二人よこしますから」と言ってT市の警察署へ帰って行っ

た。

斎藤先生は、校長先生宅、教頭先生宅、小島先生宅、用務員さん宅に電話連絡した。そしてシローの傷を見ると、かすり傷で大したこともないようなので、救急箱から消毒液を出し消毒し、抗生物質の軟膏を塗り、包帯を巻いた。

そのうちに各先生方も車で乗り付け、「やあ、斎藤先生、お手柄ですね」と言うと、先生はまた頭をかいて、

「シローがいたから捕らえられたようなものです。シローをほめてやって下さい。シローの傷はかすり傷で、大したこともないようなので手当しておきました」

と言った。

小島先生が「シロー」と呼ぶと、先生のところへ飛んで行き、尾を振り、クンクンと鼻を鳴らした。先生は抱きかかえて、「よくやったね」と頭をなでてやった。

他の先生方も「シロー、ありがとう」と言って、代わる代わる頭をなでた。

そこへおまわりさんが二人来て、三人で現場検証を始めた。いろいろ調べ、

「被害届けは明日にでも出して下さい。あのどろぼうは、すでに数校の学校荒ら

しをやっています。つかまえた斎藤先生とシローは、署長から表彰されるでしょう」

と言って帰って行った。

二十八日に警察からの連絡があり、校長先生と斎藤先生、シローには小島先生も付いて、表彰式に出席した。斎藤先生には表彰状、シローは表彰状と犬用の缶詰をもらった。

翌日の新聞に、『学校荒らしの泥棒を捕まえる』と、斎藤先生やシローの写真入りで掲載されたため、小学校の在校生を始め、町中のニュースとなり、ひろ美や六年二組のみんなは鼻が高くなった。

そして三学期の始めに、小島先生から次のようなお話があった。

「みなさんも、三月の末には卒業して中学生になります。それでシローの飼育係を、今の五年二組のみなさんにやってもらうことになりましたが、イヌについて知らない子もいますので、この三カ月間に覚えてもらいたいのです。そこで、明日の当番の人たちから、五年生も一緒にやってもらって、いろいろなことをみなさんが教えてあげて下さい。

　みなさんのおかげで、事故も無く、シローもりっぱな日本犬に育ちました。仕付けも、お座り、お手、伏せ、ちんちんやお預けなども覚え、みなさんの言うことをよく聞くようになりました。また、昨年の暮れには、斎藤先生と一緒にどろぼうもつかまえてくれました。先生も初めは不安でしたが、ひろ美さんを始め、みなさんよくがんばってくれてありがとう。シローも、ひろ美さんに拾われ、みなさんの愛情によってこれまでに育ててもらったことを、大いに感謝していることと思います」

　それから、五年生と一緒の飼育当番も順調に進み、三月の始めには、六年生が付かなくても、五年生だけでできるようになった。

　そんなある日、小島先生から二組のみんなに、

「先生は今月の二十五日に、斎藤先生と結婚することになりました。シローが斎藤先生と一緒にどろぼうを捕まえてから、急に話が進みました。これもシローのお陰かもしれません。当日はみなさんも招待したいのですが、斎藤先生の実家の

あるK市で披露宴をすることになったので、招待できなくて残念です」

とお話があった。

みんなは「先生おめでとうございます」と言って拍手した。そして結婚式の二十五日には、クラス全員で先生に祝電を打つことや、お小遣いを出し合い花束を贈ることを決めた。

ひろ美は、シローを拾った責任と、神様からの授かり物という思いもあり、登校日は放課後、休みの日は朝食後に、シローの大好きなビーフジャーキーを持ってはイヌ小屋に入り、三十分から一時間ほど、いろいろ仕付けの指導をした。時々、小島先生やクラスの人たちも一緒になって、指導のお手伝いをしてくれることもあった。

そして、六年生には待ちに待った卒業式の日が来た。

卒業証書や皆勤賞の授与の後に、

「特別賞、六年二組代表、大橋ひろ美」

と、教頭先生から呼ばれた。

ひろ美はびっくりして、「はい」と立ち上がり、小島先生の方を見た。先生は大きくうなずいたので、ひろ美は登壇して校長先生の前に行き、おじぎをした。

校長先生は、

「小さな子イヌの命を大切にして、クラスのみんなが小島先生の指示を守り、愛情を持って育てて事故も無く、よく仕付けもでき、りっぱな日本犬になりました。昨年の年末には、斎藤先生に協力してどろぼうもつかまえ、警察署長から表彰もされました。これは、大橋さん始め、二組のみなさんの努力のたまものです。この命の大切さと愛の心を忘れずに、中学生になってもがんばって下さい」

とおっしゃって、賞状と賞品を下さった。

その後、ひろ美を始め、二組のみんなも中学生になり、土日や春休み、夏休み、冬休みなどには、誘い合ってシローのところへ行って、散歩したり遊んだりした。

そして、二年生になった六月も末のある日、小島先生から電話があり、

「小学校の近所に住んでいる都築さんの家で飼っているメスの秋田犬に、シローの子供が五匹生まれたので、みんなを誘って見にいらっしゃい」

と連絡が入った。

ひろ美は日曜日を選び、時刻を決めて、小島先生や数人に連絡し、他の人々にも連絡をしてもらうように頼んだ。

当日小学校に行ってみると、三十人も集まっていた。

小島先生は、たくさん集まったのにびっくり。

「みなさん、よく来てくれました。それに、みなさんが大きくなったのにもびっくりです。これではみんなで行けないので、先生と五人ほど都築さんのところへ行って、メスのエミリーと子イヌを借りて来ましょう」

ということになり、先生とひろ美たち五人が都築さんの家に行った。

都築さんのイヌ小屋には、真っ白なメスのエミリーと、真っ白な五匹の子イヌが遊んでいた。

子イヌは、ひろ美がシローを見つけた時よりも少し小さかったが、お母さんのオッパイを飲んでいるもの、二匹で取っ組み合っているものなど、とてもかわいい子イヌたちだ。

都築さんのお父さんがメスのエミリーに首輪と鎖を付けてくれ、六年生の昌子ちゃんが連れ、子イヌはひろ美たち五人が一匹ずつ抱いて校庭のシローの小屋に行き、小屋の中に放した。シローも、自分を育ててくれたひろ美や佐々木さん、新美さん、江川君などを見て大喜びで、夫婦となったエミリーとじゃれ合い、子イヌたちも小屋の中を転がるように走り回って遊んでいる。集まったみんなも、シローの子供だ、かわいいと大はしゃぎで子イヌたちと遊んでいる。そして江川君や佐々木さんなどは、今から小島先生に、来年もシローの子供を生ませて下さい、かわいくて自分でも育ててみたくなったと言っている。

ひろ美は、小島先生に、

「これでシローもお父さんになって、エミリーとの間に子孫も残すことができたのですね。これも先生のお陰です、ありがとうございます」

と言い、本当によかったなあとつくづく思った。

小島先生が、

「二月に都築さんのお父さんからお話があって、一週間ほどシローを婿に出したの。そして五匹の子イヌが生まれたのよ。生まれてすぐだけど、五匹のうち三匹はもらわれて行く先が決まっているのですって。二匹は、かわいいので都築さんの家で飼うことにしているとか。先生もマンションに住んでなければ、一匹もらって飼いたいのだけれど残念よ。シローも、子供、孫、ひ孫と、どんどん子孫が増えて行くことでしょう」

そしてみんなは、ポケットに持ってきたお菓子やビーフジャーキーなどを与えたりして、二時間ほど犬たちと遊び、先生とひろ美たち五人が、エミリーと子イヌを都築さんの家に返しに行った。

それから後、高校生になってからも、シローのところへひろ美を始めみんなが時々遊びに行き、シローへの愛情と、クラスみんなの友情は長く続いて行った。

池の主の怒り

ある村に大きな古いため池があった。二十年ほど前にダムから農業用水が引かれて、池の水も農業には使われなくなった。しかしこの古い池には昔から主のナマズが住んでいると言われていて、釣りをする人もなく、干ばつで池の水が干上がりそうな時には、主のナマズが雨を降らせたという。

村人は池のそばにナマズ大明神のほこらを建てて、干ばつになると池に集まり、ナマズ大明神に雨ごいをするようになったと言い伝えられていた。

また少しくらいの大雨が降っても、この池は遊水池にもなるので、田畑も水害にならず農家の人たちは安心していた。

そしてこの池には、大きな主のナマズの他にも大きなコイ、フナ、ウナギ、ドジョウなどの魚も多く住んでいて、秋になるとカモなどの渡り鳥がたくさん飛来して冬を過ごし、春になると北国へ帰って行く。

ところが、町の業者がこの池を埋めて、裏の山林も切り倒し、住宅地にしようという話が持ち上がった。

この池が埋められると、秋に来る渡り鳥も困るが、一番困るのは住んでいる魚たちで、「これは大変」とこの池の主であるナマズのところに集まった。ナマズはいろいろ考えて、よしおれに任せておけと胸をたたいた。

そのうちに、埋め立て工事が始まり、池の縁のナマズ大明神のほこらも壊してしまった。数台のダンプカーに土を山のように積んで来て、そのうちの一台が池に土を降ろそうとした時、突然風もないのに池の水が波立って、地面が大きく揺れて地震が起きた。

一台のダンプカーは土を積んだままズルズルと池の中へすべり出し、乗っていた運転手はドアの窓から「助けてくれ」と叫びながら、ダンプカーごと落ちて沈んでしまった。運転手はドアの窓からやっとはい出して、ずぶぬれになり命からがら池からはい上がって来た。

それを池の中から見ていた主のナマズは、

「へへへー、やったぞ。おれ様のヒゲの威力はまだまだ衰えてはいない」

と思った。

工事の人たちは大騒ぎとなった。

ダンプカーを引き揚げようということになり、クレーン車を持って来て池の縁に止めて、池の中のダンプカーにワイヤーを掛けて引き上げ始めた。

ところが、またも池の水が波立って、地面が大きく揺れて地震が起き、クレーン車も大きく揺れて、ダンプカーを吊ったまま池の中へ横転してしまった。

池の中では、いろいろな魚たちが拍手かっさいをして主のナマズが地震を起こした力をたたえていた。

主のナマズは、

「どうだ、おれ様の力はこんなもんじゃないぞ」

と威張っていた。

昔から地震を起こすのはナマズだと言い伝えられて来たが、魚たちも主のナマズが地震を起こすのを初めて見て、ナマズがおれに任せておけと言ったわけがわかった。

池の埋め立てをしようとしていた町の業者や工事の人たちも、二度の地震に驚き、これは〝池の主のたたり〟があるのだ、と埋め立て工事を止めることになり、クレーン車やダンプカーをやっとの思いで池から引き上げて、町へ帰って行った。

「この度は、この池や裏の里山の山林を環境破壊から守ることができたが、いつまでこの池や里山を守り、魚たちと平和に暮らすことができるか。

人間には、動物などを絶滅させ、自然を破壊してでも、自分の金儲けのことしか考えない利己主義者がいるから、今度はどんな手を使って来るかが心配だ。この次も勝てるかなあ」

と、池の主のナマズは、自慢のヒゲをピクピクさせながらつぶやいたとさ。

夜泣き石

木がうっそうと茂り、昼でも薄暗い峠の道を、子供を背負ったまだうら若く美しい母親が、急ぎ足で登っている。

母親は名をさくらと言い、この山の反対の村にある実家に父親の病気見舞いに行き、三日ほど看病して、恋しい夫、勇作の待つ婚家へ帰るところであった。

この若夫婦は、山一つ隔てて別々の村に住んでいたが、勇作が名主と他の村人と一緒に隣村の会合に出た時、接待に出たさくらの美しさに一目ぼれし、さくらも勇作の男らしさに惚れ、数カ月後めでたく結婚した。若夫婦は働き者で、人もうらやむ仲の良い夫婦と、両方の村では評判であった。

さくらは、やっと峠の頂上も過ぎ、道も下りになると楽になり、ほっとしながら曲がりくねった下り道を急いでいた。

村に入る手前の森には神社があり、春と秋には毎年にぎやかに祭りが行われるが、今年の秋祭りももうすぐだと思いながらふもとの方を見ると、木々の間から神社の屋根が見え隠れして来た。

下り道の中頃まで来た時、下の方から浪人が登って来る。ああ、やっと人に会えたと安心しながらそばまで来ると、浪人は立ち止まり、若い母親の上から下までをなめ回すように見た。

「なかなかの美人だ。抱いてみたくなった」

と独り言を言いながら、浪人はやにわにさくらの手をつかみ、

「ちょっとこっちへ来い」

と、森の奥の方へ連れて行こうとする。

さくらは、

「何をするのですか。へんなまねをするなら、舌をかみ切って死にます」

と叫んだ。

浪人は、

「おお、死ねるなら死んでみろ。その前にお互いに楽しもうではないか。いやなら背中の子供を殺してやる」

と脅し、その声に背中の赤ん坊が目を覚まして泣き出した。

さくらは、あわてて赤ん坊を背中から降ろし、泣き止まそうと道端の倒木に腰掛けて、その子をあやした。

それを見た浪人は、

「赤ん坊なんて邪魔だ、寄こせ」

と言いながら、母親の手から赤ん坊を奪い取ると、近くの大きな岩にたたき付けた。赤ん坊は「ぎゃあ」と悲鳴をあげ、頭や口から真っ赤な血を流しながら息絶えてしまった。

さくらは、

「ひとでなし」と叫びながら赤ん坊に駈け寄ったが、後ろから浪人に押さえ込まれ、さるぐつわをかませられると森の中へ連れ込まれ、暴行されてしまった。

さくらは、

「この恨み決して忘れぬ。必ずや恨みに恨んで、のろい殺してやる」

と言いながら、ふらふらと森を出て、大きな岩の上に死んでいる赤ん坊の所へ行き、呆然と座り込んだ。

浪人はさくらの後を追い、

「顔を見られてしまったからには、生かしておけぬ」

とつぶやくと、いきなりさくらの左肩からけさがけに斬り下げた。さくらは悲鳴をあげながら、肩口から血を吹き息絶えた。

浪人は、血ぬられた刀をさくらの着物で拭《ぬぐ》い、

「ああ、久しぶりに楽しませてもらった」

とつぶやいて、峠の道を登って行った。

少し経ってから、峠の道を下って来た旅人が、大きな岩の上に死んでいる母子を見つけて、ふもとの村の人々に知らせた。

妻と子の帰りを待っていた夫の勇作や、その両親、弟妹、そして知らせを受け

た代官所の役人や村人たちは、大急ぎで大きな岩のところまで登って行った。

大きな岩の上には、たたきつけられて死んだ赤ん坊と、けさがけに斬られて死んでいる母親さくらとが重なり合って、大岩を血で真っ赤に染めていた。

さくらの帰りを待ち焦がれていた勇作や両親、弟妹は、

「なんとむごいことを」と、泣きながらさくらや赤ん坊に抱き着き、村人たちも、

「ひどいことをされたもんだ」

と怒りをあらわにした。

代官所の役人が検死をした後、みんなで嫁と赤ん坊を戸板に乗せて、婚家まで運んだ。

やがて葬儀も終わり、山向こうの村から来ていたさくらの実家の母親と兄が、家に帰るため峠の道を登って大岩のところまで来ると、赤ん坊の泣き声と、さくらの、

「恨みはらさでおくものか」

と言う声が、大岩の中から聞こえて来た。大岩は、あの時のまま真っ赤に染ま

っている。

実家の母親は、

「たった一人のかわいい娘さくらと孫健吉を」

と、兄は、

「かわいい妹とおいっ子を」

と嘆き、

「ああ、かわいそうなことをした。南無阿弥陀仏、南無阿弥陀仏、成仏して下さい」

と、両手を合わせて拝んだ。

それからというもの、毎夜毎夜、この峠の道を通る旅人や村人が大岩のところへ来ると、必ず大岩から赤ん坊の泣き声と、母親の、

「恨みはらさでおくものか」

という声が、聞こえて来る。そして、その話は両方の村中に広がった。

そこで、勇作と両親は、大岩へ行って赤く染まっている血を洗い落とそうとし

たが、ますます赤くなるばかりである。

これは困ったことだ。何とか成仏して下さいと、

「南無阿弥陀仏、南無阿弥陀仏」

と拝んでみたが、毎夜毎夜、大岩から聞こえる赤ん坊の泣き声や、さくらの「恨みはらさでおくものか」の声は止むことがなかった。

そして人々は、その大岩を「夜泣き石」と呼ぶようになり、村人たちも夜は近づかなくなった。

勇作は、恋しい妻さくらや子供健吉のあだを討ちたいと思った。しかし、百姓の身で剣術も知らず、どうしたものかと悩んでいるうちに、月日は経って行った。

それから一年が過ぎようとするころ、一人の修行僧が村を通った時、村人からその話を聞き、勇作の家に行き、

「かわいそうな母子だ、私が成仏させてあげよう」

と、早速に峠道の大岩へ登って行った。

修行僧は大岩の前でお経を唱え、法力をもって母親の霊を呼び出すと、霊に問

うた。

「その浪人にどんなことをされたのか。浪人の特徴などを教えてもらいたい」

母親の霊は、赤ん坊を投げ殺されたこと、自分は暴行されたこと、侍の歳は三十前後のやせがたで、上方なまりがあり、目の下に大きなほくろがあったことなどを告げた。

修行僧は、

「何というふびんな母子だ。かたきは必ず取ってやるから成仏するように」

と言って聞かせ、お経を唱えた。

それからというもの、大岩の「夜泣き石」からは、赤ん坊の泣き声や母親の声などは聞こえなくなったが、大岩を真っ赤に染めた血の色だけは消えなかった。

修行僧は峠を下り勇作の家に行き、

「いまお経をあげ、母子の霊に成仏するようにと拝んで来たので、泣き声や母親の声は止むであろう」

と話し、事の次第を伝えると、あだ討ちをする気持ちがあるのかと勇作に聞いた。

勇作は、

「あだ討ちはしたいと考えてはみましたが、何せ百姓の身で剣術も知らず、どうしたものかと悩んでおりました」

と告げた。

修行僧は、

「それならば、拙僧が助太刀致し、必ずや妻子のあだを討たせてあげよう」と言ってくれた。

修行僧と勇作は、藩の代官所へ行き、「夜泣き石」のふびんな母子のあだ討ち免状をもらいたいと申し出た。

代官所の役人が、

「僧侶の身で、あだ討ちなどできるのか」

と尋ねると、修行僧は自らの身上を語り始めた。

「私は元はある藩の武士で、家は代々、藩の作事奉行をしており、今は父は隠居して、兄が跡を継いでおります。私は部屋住みの身ではありましたが、幼い頃から剣術が得意で、藩の道場で師範代をしていて一刀流をたしなみます。

私が若いころ、二世を誓った最愛の美しい女性がおりました。ところが、藩の勘定奉行の道楽息子が、彼女に横恋慕するようになってしまったのです。

ある年の桜の花見の時期に彼女と花見に行きました。帰りに家まで送り届ければよかったのですが、まだ陽も落ちず、彼女もここからなら一人で帰れますと言うもので、私もつい油断して彼女を一人で帰してしまいました。

それを待ち構えていたかのように、勘定奉行の息子とその悪友二人が襲い、森の中に連れ込み、三人で暴行をしたのです。嘆き悲しんだ彼女はその場において、懐剣で胸を刺して自害してしまいました。知らせを受け、おっ取り刀で駆けつけましたが、そこで見たのは彼女の変わり果てたむくろでした。

彼女の父と私は、藩の目付にあだ討ちの許可をもらい、あだ討ちをしてその無念を晴らしはしましたが、私は部屋住みの身でもあったので、生きている間、その菩提を弔うため僧侶になったのです。

夜泣き石の母子のような理不尽な殺され方をした話を聞くと、とても他人事とは思えず、あだ討ちをしてその霊を弔ってやりたくなるのです」

役人は、「それなればあだ討ちの免状を出しましょう」と言って、免状を出してくれた。

それから修行僧は勇作の家に泊まり込み、毎日勇作に剣の持ち方と、相手を突く、突きのやり方だけを教えた。

勇作も妻子のあだを討ちたい一心で、朝早くから日が落ちるまで熱心に練習したので、十日ほど経つ頃にはわら人形を突き通せるほどになった。

そこで修行僧は、母親の霊から聞いた浪人の特徴に上方なまりがあったことから、上方の出身で必ず一度は江戸へ行くであろう、と勇作と二人で江戸をめざして旅立った。

江戸へ着いた修行僧と勇作は、浪人侍の立ち寄りそうなところを訪ね歩いた。

半月ばかりしたある日、町の中で偶然、目の下にほくろのある侍を見つけて後をつけ、住まいの長屋を突き止めた。

大家を訪ねて聞いたところ、大坂の出身で氏名は森川三右衛門ということがわかった。

修行僧はいきさつを話し、あだ討ち免状も見せて、夫の勇作に私が助太刀して、かわいそうな母子のあだを討たせてやりたい旨を話した。

大家は、修行僧と勇作を奉行所へ連れて行き、与力にあだ討ちのことを申し出た。

与力は、森川三右衛門を呼び出して事実関係を確認してからのあだ討ちなら認められるが、僧は剣術のたしなみがあるのかと聞いた。

修行僧は、

「それは心配いりません。私は元は武士で小野派一刀流をたしなみます。ゆえあって武士を捨て僧籍に入ったものですが、あまりにも理不尽な浪人が許し難く、夫勇作に、あだ討ちをさせてやりたいために助太刀をかって出たものです」

と話した。

翌日、与力は森川三右衛門を奉行所へ呼び出し、三河のある村の峠で母子を殺した事件のことを問いただすと、森川三右衛門は簡単に白状してしまった。

与力はあだ討ち免状の一件を告げ、二人が立ち会いを求めていることを話すと、森川は「返り討ちにしてくれる」と承知した。

そこで与力は、勇作と修行僧も呼び出し、奉行所内での立ち合いを許した。

与力が立ち会い人となり、あだ討ちの立ち会いが始まった。

森川は勇作に、

「百姓のくせにあだ討ちとは笑わせる」

と笑い、修行僧には、

「坊主のくせにあだ討ちの助太刀とは片腹痛い」

と言いながら刀を抜いた。

修行僧は勇作に、

「私が指図するまで、刀を抜いて横に離れていなさい」と言い、仕込みづえを抜き、正眼に構えた。

森川は、すきのない修行僧の構えに、これはしまったと思いながらも、口だけは達者なのか、「坊主にしてはなかなかやるな」などと負け惜しみを言っていたが、修行僧にすきが無いため、自分の方からはなかなか打ち込むことができないでいた。

修行僧は、これは口ほどにもない浪人だ。百姓、商人、婦女子など、弱い者いじめだけに通じる腕しか持っていない、と読んだ。試みに、軽く二度三度打ち込んでみると、やはり森川は受けるのがやっとのようだ。

開き直った森川は、何度か修行僧を打ち込んではみたものの、修行僧は剣では受けず、簡単に体をかわして外してしまう。

修行僧は、そろそろ決着を付けてやろうと、今度は真剣に森川の面に打ち込んだ。森川は、やっとどうにか受け止めたが、足元がふらついて定まらずにいるところを、修行僧に腰をけられて背中を向けてしまった。

その時修行僧は、

「母親と同じように斬り捨ててくれよう」

と言いながら、森川の左の肩から、けさがけに斬り下げた。

そして、勇作に向かって、

「かたきの前に回り、教えた通り、正面から心の臓を一突きに刺しなさい」

と言った。

勇作は森川の前に回り、心の臓目がけて一気に突きを入れた。森川は背中と心の臓から血を吹きながら息絶えた。

与力が「それまで」と告げ、「本懐をとげておめでとう」と言った。

修行僧が勇作に、

「妻子のあだ討ちができてよかった」と言うと、勇作は、

「ご法師様のお陰で、あだ討ちをすることができました。きっと妻子も、草葉の陰で喜んでいると思います。いろいろとご指導ありがとうございました」と厚く礼を述べた。

修行僧と勇作は、与力に「いろいろお手数をかけてありがとうございました。厚くお礼を申し上げます」と言った。

修行僧は、与力に浪人のまげをいただいてもよろしいかと尋ねた。

与力がそれを許すと、修行僧は、

「あだを討った証しに、母子の墓前に供えてやりたい」と言って森川のまげを切り落とし、懐紙にくるんで勇作に渡した。そして、

「生前は悪い浪人でも、死んでしまえば仏」と言いながら、お経を唱えて弔った。

それから修行僧と勇作は、与力に重ねて礼を述べて奉行所を後にし、森川の大家にも礼を述べると、江戸の町を後にして三河をめざした。

しばらく旅をして、二人は三河の村に着いた。そして、さくらの両親や兄弟の住む家に行き、修行僧が助太刀をして、勇作が母子のあだ討ちをしたことを話して聞かせた。

両親や兄弟は大変に喜び、これでさくらや孫の健吉も成仏できると安心し、修行僧に厚く礼を述べた。

さくらの実家を後にした修行僧と勇作は、やがてあの峠の大岩に着いた。

修行僧はお経を唱えてから母親の霊を呼び出し、

「あなたを斬った犯人の浪人を捜し出し、あなたの夫勇作さんと共に、あなたが

た親子のあだを討って来ました。あなたの夫勇作さんが持っている物が、証拠のまげである」

と言って聞かせた。

母親の霊は、

「夫に助太刀をしてあだを討っていただき、誠にありがとうございました。これで私たちも成仏できます。ご法師様の御恩は決して忘れません。お礼に、岩の下からうれし涙の湧き水を出しましょう。ご法師様のご出世されることを祈っております」

と言った。

修行僧が足もとを見ると、大岩の下からきれいな湧き水がこんこんと湧き出てきた。こんなきれいな水なら、旅人たちも、のどを潤すのに喜ぶことであろうと思った。

そして、後々まで「夜泣き石の泉」として、村人や旅人に飲まれるようになったという。

血で真っ赤に染まっていた大岩も、元の苔むした大岩に変わった。

修行僧と勇作は、共に村の家に帰り、勇作は家族に、江戸へ出てからあだ討ちの本懐をとげるまでのこと、嫁の実家に立ち寄り、見事あだ討ちを果たしたことを報告して来たことや、先程は峠の大岩の妻子に報告して来たことを話して聞かせた。

そして修行僧は、

「勇作が持って帰った犯人のまげを母子の墓に供え、供養しましょう」

と、勇作や両親と一緒に母子の墓へ行き、まげを供えあだ討ち本懐を報告し、お経をあげて回向《えこう》をした。

勇作や両親は、あだ討ちの本懐をとげることができたのもご法師様のお陰であると、修行僧を厚く厚くもてなした。

翌日、修行僧と勇作は、藩の代官所の役人の所へ行き、あだ討ち本懐を報告した。

それから修行僧は名も告げず、京都へ向けて旅立った。

京都では、大きなお寺の僧となり修行を積み、大僧正まで上り詰めたという話である。

あだ討ち無用

秋の日はつるべ落としと言われるごとく、先程まで夕陽に赤く燃えていた山々も真っ暗闇となった。その山道を信之介は母の手を引き下って来ると、はるか向こうに明かりが点々と見えて来た。

「母上、向こうに集落の明かりが見えて来ました。これが平家の落人集落かもしれません。もう少しのご辛抱です」

と言いながら、二人は道を急いだ。

集落まで来ると、道の両側に家や田や畑があり、奥まった方にも家の明かりが見えて、川でもあるのか水の流れる音が聞こえる。

「信之介、この集落には宿屋はないようですね。庄屋殿の家にでも一夜の宿をお願いしましょうか」

「そうですね、あそこに見える大きな家が庄屋殿の家ではないでしょうか」

大きな家の門のわきにある通用門の前で、信之介は「お頼み申します」と大きな声で言い、とんとんと門をたたいた。

すると「どなたでございますか」と通用門を開けながら、下男が顔を出した。

信之介は、

「母と二人で旅をしているものです。この村に宿屋がないようなので、一夜の宿をお願いしたいのですが」

と申し出た。

下男は、

「少しお待ち下さい、主人に聞いてまいります」

と言って中へ入って行った。

少しして下男が母屋から出て来て、

「どうぞお入り下さい、主人のお許しがでました」

と、母屋の玄関へ案内してくれた。

玄関に入ると、この家の主人が出迎えて、

「ささどうぞ、お上がり下さい。夜の山道ではお疲れになったことでしょう。まずはお腹もすいておられることでしょうから、有り合わせのものしかございませんが、食事をして下さい」

と言いながら、台所へ案内してくれた。

親子は、下女の用意してくれた食事をいただいた後、下女に案内されて、主人たちのいる居間に通された。

居間には、主人の他に、妻と十六、七の娘、十二、三の男の子が座っている。

信之介たち親子は、主人とその妻にお礼を述べた。

主人は、

「お見受けしたところ、お武家様のご妻子と見ましたが、これからどちらまで旅をされるのですか」

と問うた。

信之介の母は、

「つかぬことをお尋ねしますが、ここは平家の落人の集落ではございませんか」

と、問い返した。

主人は、

「その通りです。武士を捨て、ここに住み着いてから約四百五十年になります。私の家は、代々名字帯刀を許された庄屋をしております」と答えた。

母は、

「それで安心いたしました」

と、脱藩したいきさつから、武士を捨てて、世間と隔絶した世界で農民として暮らして行こうと考えていることを話した。

信之介の父、山中正之介は、西国のさる大藩の、四千石取りの勘定奉行であった。正之介は文武両道にすぐれ、特に剣術では、信之介と同じ年頃に武者修行に出て、尾張徳川家の兵法指南、柳生兵庫介の内弟子として四年間修行し、免許皆伝を受けた柳生新陰流の使い手で、藩の剣術指南役も一目も二目もおいていた。

母も小太刀の名手として藩内に知らぬものはなく、花道、茶道、裁縫にもすぐれ、藩内の婦女子にも教えていた。

父母の血を継いだ信之介も、十九歳ながら文武にすぐれ、陽明や朱子学から、剣術は幼少の頃から父に柳生新陰流の教えを受けた。藩の道場では師範代を務め、若者の中では右に出る者はいなかった。

そんな家風であるから、藩主の覚えもめでたく、在藩中は何事につけ藩主は正之介に相談するので、国家老一派はうとましく思っていた。

藩主が江戸詰めの昨年、藩に一つの事件が持ち上がった。

藩士同士が酒の上で口論になり、日頃からあまり仲のよくなかった下の者が、上の者を斬り殺してしまった。殺された上の者の子息や縁者は、あだ討ちと称して下の者を罠にはめて斬り殺してしまった。すると今度は、下の者の子息や縁者が、あだ討ちと称して夜襲をかけ、上の者の妻子を斬り殺した。

この始末の評定が城中において行われた時、勘定奉行の正之介や、次席家老の福田謙蔵、目付の斎藤吉右衛門は、けんか両成敗として、両家ともお家断絶を主張した。しかし、家老の太田進左衛門は、上の者の跡継ぎがいなくなってしまったのを幸いと、上の者の家は断絶、下の者の子息は家を継ぐことを許す不公平な審判をしたため、上の者の縁者と下の者の子息や縁者が反目し合うようになり、何かと問題を起こすようになってしまった。

こんなことがあってから、正之介は、

「けんかは両成敗が一番妥当だ。あだ討ちは、武士としての体面や意地などが原因で、父を討たれた者はその妻子や一族が、子を討たれた者はその父や母があだを討つ。討たれた者、討った者にどんな理由があろうと、これは当事者二人の間の問題であって、単なる人間と人間の殺し合いであり、当事者以外が出る問題ではないから、あだ討ちは絶対にやるべきではない。

人間を裁けるのは神か仏である。しかし現実にはなかなか難しいことだ。だから人間が人間を裁く場合は、しっかりとした法を整備し、捕まえた犯人がどんな罪を犯したかを役人が調べて、その罪に適合した罰を与える者と、罪人の申し開きをして助けてやる者と、罪人の申し開きを聞き、犯した罪が与えられた罰でよいかどうかを調べ、適法の時はその罰を罪人に言い渡す者がいて、裁きが成り立つと思う。しかるにあだ討ちは、一族郎党まで巻き込んだ私闘であって、際限がなくなり、子々孫々まで続くことになる」

と妻子にもらしたことがあった。

今年の七月には、殿が江戸より国元へご帰国あそばすという六月のある日のこと、勘定奉行として、殿が帰国された時に報告すべき帳簿類を調べていると、藩の公金の中で、四百両もの大金が不足していることがわかった。

正之介は、内密に次席家老の福田謙蔵と目付の斎藤吉右衛門に相談して、最も怪しいと思われる、家老一派の勘定方の一人である佐々木半蔵を取り調べた。半蔵は当初関与を否定していたが、連日の厳しい詮議に耐えきれず、やっと白状した。

それによると、家老が日頃うとましく思っている勘定奉行である正之介を陥れようとして、佐々木に公金の四百両を盗み出すことを命じ、四百両を着服した家老は、一派の者たちに酒肴を振る舞ったということであった。

正之介は、次席家老と相談の上、藩主に上申するための書類を作成して次席家老に渡し、佐々木にも自白書に血判を押させて目付に届け、殿に言上してもらうよう依頼した。また佐々木半蔵の処分は、藩主が帰国するまでの間は自宅謹慎をするように、目付が申し渡した。

そして正之介は、勘定奉行としての責任をどう取るか思案した。

第一に、藩の獅子身中の虫であり、代々の家老職をいいことに悪行の高い家老を、一刀両断に誅殺すること。第二に、家老を誅殺後、家老の子息たちに討たれてやること。第三に、自分の妻子にはあだ討ちをさせない。また家老の妻子たちも、自分の妻子を敵としてあだ討ちをしないこと。

これらを目付の斎藤吉右衛門に話し、目付も了解して立ち会いを承諾した。

正之介は、妻の小百合と子の信之介を前に事情を話してから、

「父が家老の妻子に討たれても、お前たちの剣術の技量があれば、あだ討ちは難しいことではない。だが、決してあだ討ちをしてはならない。葬儀も一族だけでしめやかに行うこと。ここに通行手形と多少の金子も用意してあるから、どこか

遠くの山里にでも住み着いて、農業をしながら暮らしなさい。奥の小百合は花道や茶道や裁縫を、信之介は農業のかたわら文武の道に励み、武芸や読み書きを子供たちに教えて生計を立てていきなさい」

と諭した。

翌日の夕方、正之介は妻子と水杯を交わし、家老の屋敷へと出向いていった。途中目付が待っていて、一緒に家老の屋敷へ行った。

家老の太田進左衛門は、何食わぬ顔で二人を座敷に通した。

正之介は、家老に公金横領のことを話したが、知らぬ存ぜぬと言い逃れをしようとしたので、目付の斎藤吉右衛門が、勘定方佐々木半蔵が自白した調書をかざした。家老は、それをつかみ取ろうとしたので、正之介が素早く扇子で家老の手を払った。

家老は逆上して立ち上がり、後ろの床の間の刀掛けから太刀を取り、鞘を払った。その時すでに正之介は立ち上がり、大刀を腰に差し、いつでも抜ける体勢を取っていた。

家老は、無礼呼ばわりしながら正之介に斬りかかってきた。正之介は家老の太刀を受け止め、これまでの家老にあるまじき振る舞いと、公金横領を非難し、

「これは天誅である。斬り捨て御免」

と言いながら家老の太刀を跳ね上げ、脳天幹竹《から》割りに斬り下ろした。正之介が真剣を使って始めて見せた柳生新陰流の剣の技と、あまりにもすさまじい剣のさえに、目付も茫然として眺めていた。

正之介は大きな声で、

「ご家老の妻子に申す。ただ今、ご家老の理不尽な振る舞いに天誅を下した。あだを討つならお相手つかまつる。出会え、出会え」

と叫んだ。

妻子や郎党など、おっ取り刀で座敷へ入って来たが、家老の死体を見て、あまりのすさまじい斬られ方に驚きおののいて、誰ひとりとして正之介に手向かう者などいなかった。

正之介は、

「相手になる者は一人もおらぬか。仕方がない、責任を取ってこの場で切腹つかまつる。目付の斎藤吉右衛門殿に介錯を頼む。それから、家老殿を切ったのは、公金の横領と今までの理不尽な振る舞いに、勘定奉行として天誅を下したものであるから、遺族同士のあだ討ちなどは絶対行ってはならない。もしも守らない時は、目付が取り押さえることになっている。それでは斎藤殿、介錯を頼む」

と言い、皆の見ている前で見事に切腹し、目付が介錯をした。

それを見ていた家老の妻子や郎党は、正之介の死体に斬りかかろうとした。目付は大声で、

「無礼者共、死体に指の一本でも触れてみろ、目付が相手になる」

と言いながら、呼び子を吹いた。

待ち構えていたように、目付配下の役人が十数人、座敷に入って来た。

目付は、

「奉行が生きていた時には、その腕前に恐れ手出しもできずにいた者が、死体になった途端に切り刻むようなことをするとは、武士に有るまじき振る舞いである。

家老も家老なら、その妻子郎党も卑劣な者共よ。先程も奉行が言ったように、奉行の妻子をかたきなどとして狙ったりしたら、この目付、斎藤吉右衛門が取り押さえ、詮議にかけるからそのつもりでいるように」

と申し渡した。

目付は配下の役人に、

「奉行を粗相のないように、戸板で奉行の屋敷まで運ぶように」

と指示をした。

正之介の屋敷まで目付も同道し、正之介の妻子に、

「奉行殿の見事な剣の技、さえた腕前には感服つかまつった。ご立派なご最後であった」

と報告し、遺体と、家老を斬った名刀を渡した。目付は、配下の役人二人を護衛に残し、次席家老福田謙蔵の屋敷に行き、結果をすべて報告した。

次席家老も家老妻子や郎党の卑劣な行為に怒り、奉行殿の妻子であれば剣の腕もすばらしく、むざむざ討たれることはないだろうが、万一のことを考えて、と

護衛をもう二、三人増やすことを提案した。目付も、配下の役人を三人増やすことに同意した。

正之介の屋敷では一族が集まり、妻である小百合が夫の遺言を皆に伝え、しめやかに葬儀を営み、一族は自宅で静かに謹慎していた。

ところが、家老の一派たちは葬儀の後、慎んでいるどころか、家老の子息である太田助左衛門を先頭にした若者たちが、腹いせのごとく城下をのし歩き、悪さをするようになった。

七月に入り、殿が帰国され、次席家老と目付から事件の報告を聞かされた。殿は正之介のような立派な人物を亡くしたことを嘆くと同時に、家老の卑劣な行為や理不尽な振る舞いに怒り、家老の太田家は断絶、奉行の山中家は信之介に家督を継がせ、殿の小姓にすると言い出した。

次席家老や目付は、殿にけんか両成敗を主張したが、殿は正之介を失った怒りが大きく、なかなか聞き入れなかった。

これを聞いた元家老の妻子や一派は、その不公平をなじり、一戦をも辞さないと言い出す者もでてきた。

一方、元勘定奉行の山中家では、次席家老の福田家に使者を送り、殿のお裁きでも公平さを欠いている旨申し上げると共に、お申し出をご辞退すると言上した。

翌日になり、登城した次席家老は、目付と相談の上、殿に両家の内情を申し上げて、山中家も断絶するように言上し、やっとその許可がでた。

目付の斎藤吉右衛門は、すぐに殿のお墨付きを持ち、太田家と山中家を訪問し、殿のお墨付きを見せてお家断絶を言い渡した。

元奉行の山中家は快くお受けしたが、元家老の太田家は、代々家老職の家が断絶になったのは、勘定奉行山中正之介のためであると、その恨みを強く持つようになった。

そのため目付は山中家に使者を遣わし、太田一派は何をやるかわからないので、くれぐれも用心するようにと伝え、警備に張り込んでいる配下の者たちにも、厳重な警戒をするようにと伝えた。

それを聞いた山中家の妻子は、これ以上殿様を始め目付や一族の人々に迷惑はかけられないと考え、脱藩をすることにした。

殿を始め、次席家老、目付や一族の主な人たちに手紙を残し、翌日の深夜に警備の役人たちの目を盗み、住み慣れた家を後に親子二人が旅立った。その後、一月あまり道を急ぎ、今夜ここに着いたことを庄屋殿に話したのであった。

庄屋殿は、

「それはそれは、大変な辛苦を味わわれたのですね。ご主人様もご立派な方であったようで、心からお悔やみ申し上げます。今日はお疲れになったことでしょうから、これからのことは明日にでもゆっくりお話しすることにして、休むことにしましょう」

と言った。

信之介親子は入浴後、久しぶりにゆっくりと庄屋の屋敷で休むことができた。

翌日は朝食後、庄屋殿夫妻と信之介親子と、今後のことについて話し合った。

庄屋殿は、

「生計はどうされますか」

と問うた。信之介の母は、

「私が花道、茶道、裁縫を教えます。信之介は読み書きや武術を教えます」

と答え、庄屋殿は、

「それはよいことです。村には子供たちが結構おりますから、読み書きやお花、お茶など教えていただくと、将来役に立つことでしょう。それと住まいですが、村には空いている家が一軒あります。昨年まで、おばあさんが一人で住んでいたのですが、病気で亡くなりました。少し手直しすれば住むことができます。またお二人が食べるだけ作れるくらいの畑もあります。一度見られたらいかがでしょうか、お連れいたします」

と言ってくれたので、親子は早速行ってみることにした。

その家は、庄屋殿の屋敷からすぐのところにあり、二人で住むには広すぎるくらいで、五つも部屋がある。家の裏には畑もあった。

親子は喜び、譲り受けることにして値を聞いたが、庄屋殿はこの家はもう親類縁者もなく、そんな心配はいらないから使ってくれるようにと言った。

五日後には家の修理もでき、信之介親子は庄屋殿の夫妻から日常の必要品を分けてもらい、厚くお礼をのべて、新しい家に移り住んだ。

翌日から母親のところには、庄屋殿の娘加代が三人の友達を連れて、花道、茶道、裁縫を習いに来た。信之介のところには、庄屋殿の子息宗太郎が五人の子たちを連れて、読み書き剣術を習いに来た。うわさは村中に広まり、どんどん弟子たちが増えて行った。

村といっても元は平家の武士たちであるから、その子供たちも礼儀正しく、読み書きやお茶、お花など、親たちから習っている子もいたが、剣術だけは、四百五十年あまりも過ぎているので、木刀を振り回すくらいであった。しかし元武士の子孫ということもあり、二十代、三十代の男子も三人五人と剣術を習いに来るようになり、道場にしている部屋も狭くなって、雨の日以外は外の空き地でもけいこをするようになった。

やっと落ち着いて生活ができるようになったある日、信之介は母上と相談し、目付の斎藤吉右衛門殿に、世話になったお礼と、近況と住所をしたためて、元家老の一族に異変が起きたら報告をお願いしたい旨を添えて便りを出した。

それから、やがて一年が過ぎようとするある秋の日のこと、村の者が庄屋殿の屋敷に飛び込んで来た。村の者が庄屋殿に語った話では、今年は、約十年振りにこの地方全体に日照りが続き、作物のできが悪く、とうとう山向こうの村へ山賊が押し入り、その村人たちが丹精込めて作った穀物類を奪われてしまったということであった。

庄屋殿は、早速藩の代官所へ出向き、役人の派遣を依頼したが、いつ襲って来るかわからない山賊たちのために役人は出せないので、村は自分たちで守るようにしてもらいたい、もしも襲って来た時は、早馬で連絡してくれればすぐに役人を派遣する、ということであった。

村に帰った庄屋殿は、村の主だった人々を集め、対策を協議した。その時一人の村人が、文武両道に秀でた山中信之介殿に知恵を借りたらどうかと言った。

信之介はすぐに庄屋の屋敷に呼び出されて、協議に参加し、庄屋殿は信之介に意見を聞いた。

信之介は村の人々の役に立てるのはこの時と、織田徳川連合軍と武田軍団との長篠合戦を思い出し、

「まず村の出入り口にがんじょうな柵を作り、馬や人間を通れなくする。十五、六歳以上の男子を集め、この男子たちに竹槍を持たせる。刀や槍のある者は持って来ること。まずは明日から、男子が全員で山から丸太を切り出し、柵を作る。鉄砲に備えて土のうも用意する。柵ができたら、私が槍や竹槍の訓練をするので、庄屋殿も小太鼓があったら持って来て参加して下さい」

と言った。

そして翌日から男子全員で柵作りを始め、七日後には村の出入り口の二ケ所に、がんじょうな柵ができあがり、柵の下には鉄砲の弾よけの土のうを積み上げた。

次の日から竹槍の訓練をやることにして、男子を二組に分けた。

一の組は庄屋殿を頭《かしら》に入り口を、二の組は信之介を頭に出口を守ることに決め、もしもどちらか一方から攻められた時は、全員で当たることにした。

竹槍の訓練は、槍を持っている者は槍を、無い者は竹槍を持ち、十人ずつ一組

となり、柵のこちら側に一列横隊に並んだ。

「突けの」合図が小太鼓一つで、「やあ」と喊声をあげる。「戻れ」の合図が小太鼓二つ。初めの組が戻ったら、次の組が速やかに横隊に並ぶ。これの繰り返しで柵の向こう側にいる敵を突き刺し、敵を柵に登らせないこと。

信之介は庄屋殿から小太鼓を借り、初めはゆっくりと、小太鼓一つ、二つと繰り返し、だんだんと速くして行った。村人たちも元は武士の子孫、慣れるにしたがってとまどうこともなく、訓練は順調に進んでいった。

三日目には相当な速さになり、敵に登るすきを与えないくらいまでになった。そして五日目は、小太鼓三つで土のうに隠れる訓練や、早鐘で全員がどれだけ速く集まることができるかも練習して終わった。

その夜から、出入り口に二人一組となって寝ずの番をし、山賊を発見したら一人は素早く早鐘を打つことにした。

それから数日は何事もなく過ぎたが、八日目の明け六つの頃、村の入り口の方で早鐘が鳴った。

信之介や庄屋殿を始め、村人たちは腰に刀を差し、槍や竹槍を持って入り口の柵に駆けつけた。

山賊は柵の外に十数人集まり、槍や刀を振り回しながら、馬に乗った頭の指図を待っている。頭は、やはり柵を乗り越えなければと考えたのか、柵に登れと指示した。

信之介は、待っていたとばかりに小太鼓を一つ打った。

槍や竹槍を持った初めの組は、柵に取りついている山賊目がけて、「やあ」の喊声で突きを入れた。小太鼓二つで、初めの組はさっと戻る。

小太鼓を一つ打つと、次の組が「やあ」と突きを入れる。山賊は槍や竹槍に突き刺され、柵からばらばらと落ちた。小太鼓二つにすぐ小太鼓一つで、三の組が「やあ」と、まだ柵に取りついている者や、柵から落ちた者に突きを入れる。これはたまらじと、山賊たちは負傷した者たちを引きずりながら、柵から遠のいた。

山賊の頭は、鉄砲を持っている二人に発砲を命じた。信之介は素早く小太鼓三つをたたいた。全員素早く土のうの陰に隠れ、弾はむなしく飛んで行く。しかし山賊の頭は、「今だ、柵に登れ」と叫んだ。山賊は、今度は柵を越えようと必死だ。

信之介は小太鼓一つを打つ。「やあ」の喊声と共に、四の組が槍や竹槍で柵に取りついている山賊目がけて突きを入れた。小太鼓二つでさっと戻る。すぐ小太鼓一つ、五の組が、「やあ」の喊声で山賊を突く。

その時、山賊の頭が「打て」と叫んで発砲を命じた。信之介は素早く小太鼓三つ、土のうに隠れる者、地面に伏す者などで、何とか弾に当たる者もいなかった。

信之介は小太鼓一つ、六の組が「やあ」で突いた。山賊はたまらじと柵から落ちる。これを見た山賊の頭は「退《ひ》け」と命じ、怪我をした者たちも連れて、柵から数間離れたところに集まり、部下たちと相談をしている。

信之介や庄屋殿や村人たちは、油断なく見守っていた。そのうち、山賊の頭が柵のところまで来て、

「最後の決着を付けよう。村人の中から一人出て、おれと真剣で一対一で勝負しよう。おれが勝ったら穀物を出せ。もしもおれが負けたら、二度とこの村は襲わない」

と言った。

村人たちは信之介を見ている。庄屋殿は、

「信之介殿、やってくれるか」

と聞いた。

信之介は、

「望むところです。皆さんの役に立つなら喜んで」

と言って承知した。

庄屋殿は村人に、

「柵のとびらを開き、けがをしていない山賊たちを中に入れなさい」

と指示した。頭を先頭に五人が入って来た。

信之介は万一に備え、

「柵のとびらのところに十人で警備し、頭以外の山賊も警備するように」

と村人に伝えた。

庄屋殿は、

「私が審判をする、公正に試合をすること。頭と信之介殿は、そこの広場で対峙するように」

と言った。

信之介は歩きながら、腰に差している、父が家老を斬ったときの名刀をなで、

「父上に教わった通り、全力で戦いますので、見守って下さい」

と言った。

山賊の頭は、何人も人を斬ってきたおれだ、こんな若造に負けてたまるか、と思っている。

庄屋殿は「試合始め」と、手に振り上げていた杖を下ろした。

信之介は刀を正眼に構え、相手を見る。相手は実戦剣法だからすきが多い。信之介は右や左にと打ち込んだ。頭は受けるのが精一杯で、だんだん後ろに下がって行く。信之介は数太刀目に、渾身の力を込めて、右から激しく打ち込んだ。頭の刀は受けた途端に二つに折れ、刃先は飛び、信之介の刀は、頭の右肩から胸にかけて斬り下げられた。頭は血を吹き上げながら、どうと倒れて息絶えた。

村人たちは、信之介のすばらしい剣の技に、ときの声をあげて拍手喝采をした。

山賊たちは、頼りにしている頭が斬り殺され、あぜんと信之介を見つめ、こんな村にどうしてこれほど腕の立つ者がいるのだろうかと、不思議な眼差しで見つめている。

庄屋殿は、

「信之介殿の勝ちである。約束通り、山賊たちは二度とこの村に来てはならない。頭の死体やけが人を連れて、引き取ってもらいたい」

と言った。山賊たちは仕方なく、頭の死体やけが人を連れて山へ帰って行った。

庄屋殿は信之介に、

「この度は、いろいろとご指導賜り、またその腕前と剣の技で山賊の頭を倒していただき、庄屋として礼の言葉もないほどありがたかった。そしてここに山賊を追い払うことができたことは、まことに祝着至極でございます」

と言った。信之介は、

「これは私一人ではできないこと。庄屋殿始め村人の皆さんが協力して、柵を作ったり、槍や竹槍の訓練をした賜物です。皆さん、ありがとうございました」

と、村人に礼を述べた。

やがて、老人、婦人、子供たちまで出て来て、信之介をほめたたえた。

信之介は家に帰って父の位牌に報告し、母にも報告した。

母は、

「これからも父の教えを忘れずに、剣術に励むように」と言った。

それからは、信之介の山賊の頭を斬った見事な腕前に、二、三十代の男子で剣術を習う者がまたまた増えて行った。

そんなある日、元の藩の目付、斎藤吉右衛門殿から飛脚があった。

元家老の子息太田助左衛門他三人が、家老のあだ討ちと称して城下から出奔した。あだ討ちの免状もなく、返り討ちにしても構わないが、くれぐれも油断なきようにとのことであった。

山賊を退治してから十数日後、庄屋の子息宗太郎が、習い事の帰りぎわに、一通の手紙を信之介に渡した。習い事に使っているだれもいなくなった部屋で、信之介は手紙を開いて読んだ。

それは、信之介への思いを連綿と綴った恋文で、今夜暮六つに、近くの鎮守の森で会いたいと書かれてあり、差し出し人は、庄屋殿の娘加代であった。

信之介も加代を初めて見た時から、こんな娘御と夫婦になれたらよいなあと思ったことがあったが、世話になっている庄屋殿の娘御でもあり、畑仕事や自分の剣術のけいこ、子供たちへ教えることなどで、一日があっという間に過ぎてしまって、そんなことを考えている間もなかった。

これは困ったことになった。自分は嫁にしてもよいとは思っているが、庄屋殿が何と言われるか。それに、もしも会っているところをだれかに見られたら、庄屋殿の娘御に傷をつけることになってしまう。これはうかつなことはできない。母に一度相談してみよう。そう思い、母の部屋へ行った。母はこれから夕飯の支度をしようとしているところだった。信之介は手紙を見せて、自分が考えていることを話した。

母は、

「忙しさに紛れ、お前がそんな年頃になったのを忘れておりました。加代殿が信之介を見る目が尋常ではないことは気づいておりましたが、そこまで思い詰めているとは、かわいい娘御ですこと。母が一役買いましょう」

と言いながら、「ちょっと出かけてきます」と、庄屋殿の屋敷へ出かけた。

庄屋殿と奥様にお話が、と来意を告げ、奥座敷に通されると、信之介の加代に対する気持ちを伝え、「庄屋殿ご夫妻にご異存がなければ、信之介の嫁御にいただきたい」と申し出た。

庄屋殿も奥様も、

「信之介殿のような立派な方にもらっていただけるなら、何の問題もございません。加代もさぞ喜ぶことでしょう。よろしくお願い申し上げます」

と言った。

庄屋殿は早速娘の加代を呼び、

「信之介殿の嫁御になってもよい」

と告げると、加代は顔を赤くして、

「父上、母上ありがとうございます」

と礼を言い、小百合には、

「これからよろしくお願い申し上げます」

と言った。

小百合も、

「加代殿、信之介と仲良く、末長く添い遂げて下さい」

と言った。

庄屋殿は、

「加代、話は決まった。これからは、いつでも好きな時に信之介殿と会ってもいいのだぞ」

と告げた。

小百合は、

「早速加代殿をお連れして、信之介に伝えたいと思いますが、よろしいでしょうか」

と聞き、庄屋殿も、

「どうぞ信之介殿にもよろしくお伝え下さい」

と言ったので、小百合は加代を連れて家に帰った。

小百合は、庄屋殿ご夫妻との話の結果、加代と信之介の結婚が決まったことを話して、これからはだれにもはばかることなく、加代殿といつでも会ってよいと伝えた。

信之介は、

「母上、お骨折りありがとうございます」

と礼を述べ、

「加代殿、これからよろしくお願い申し上げます」

と言えば、加代も顔を赤くして、

「信之介様、よろしくお導き下さい」

と言った。信之介は嬉しさのあまり母の前であることも忘れて、加代の手を握り締めた。加代もますます顔を赤くして、信之介の手を握り返した。

母は、

「これはこれは仲のよいこと。信之介は加代殿を屋敷まで送り届けて、庄屋殿ご夫妻にもあいさつをして来るように」

と言った。

信之介は加代を送って庄屋殿の屋敷へ行き、庄屋殿ご夫妻に、

「ただ今、母から話を聞きました。加代殿との結婚を許していただきありがとうございます。これからよろしくお願い申し上げます」

とあいさつした。

庄屋殿は、

「信之介殿のような立派な方にもらっていただけるなんて、加代は幸せ者です。ふつつかな娘ですが、よろしくお願いします。また、結婚式の日取りなどは、お母上とご相談することにします。これからはいつでも加代のところに会いに来て下さい」

と言ってくれた。

それから約一カ月後の吉日に、信之介と加代の結婚式が行われ、村の主だった人々も招かれた。

村人たちは、信之介が山賊を退治したときの話や、信之介と加代が似合いの夫婦であるなどと話して、二人を祝福した。

信之介は、相変わらず読み書きや剣術のけいこに精を出し、加代は母の手助けで、お花やお茶、裁縫を教えて、村でも仲むつまじい夫婦として評判であった。

そして、一年後にはかわいい男の子も生まれ、純之介と名付けられた。母や庄屋殿夫妻は、孫の純之介を、目の中に入れても痛くないほどにかわいがった。

そんな暑い夏の日、四人の若者が庄屋殿の屋敷を訪れ、この村に山中信之介と母御が住んでいるはずだと尋ねた。

庄屋殿は、

「まずあなたがたから名乗りなさい」

と言った。

四人のうちの一人が、

「備前岡山藩の元家老の子息、太田助左衛門と申す者でござる。後の三人は一族の者で、我が父は藩の家老職であったが、勘定奉行山中正之介に討たれた。奉行は切腹してしまったので、その妻子をあだ討ちすべく諸国を捜し歩いていたのだが、やっとこの村に住んでいることを突き止めたのでござる」

と話した。

庄屋殿は、山中親子の子細を知っているので、

「それはおかしな話、勘定奉行の山中正之介殿に討たれたなら、正之介殿を敵とねらうのが筋であり、正之介殿の妻子を敵としてねらうのは筋が通らない話だ。それならあだ討ち免状をお持ちか」

と尋ねた。

助左衛門は、

「そんなものはなくともあだ討ちはできる」

と言った。

庄屋殿は、

「それでは認めるわけには行かないが、そなたたちがどうしてもというなら、他流試合としてなら認めよう。ただし、返り討ちになってもよいということですな。村の人々は、皆山中信之介殿親子の味方だがよろしいのだな」

と念を押した。

助左衛門は、

「村人など何人いようと、斬り捨てるだけだ」

と言った。

庄屋殿は、

「それでは山中殿のところへ案内しよう」

と言いながら、そばにいた下男に小さな声で、

「村人たちに、槍や竹槍を持って村の広場に集まるように伝えよ」

と指示した。

庄屋殿は助左衛門ら四人を信之介の道場の玄関に案内して、ここで待つように
と言って中へ入った。

道場では大人たちが剣術のけいこ中で、庄屋殿が入って来たので何事かと、一斉にけいこをやめた。

庄屋殿は信之介のところに行き、

「元家老の子息など四人が、理不尽なことにあだ討ちと称して、信之介殿に試合を申し込みに来ている。あだ討ち免状もなく、このまま追い払ってもよいのだが、どうしてもというので連れて来た。村の広場には、村人たちが槍や竹槍を持って集まっているはずだ」

と言った。

信之介は庄屋殿に、

「あだ討ちなどという私闘は、父上にきつく止められております。もしどうしてもというなら、他流試合としてなら認めましょう。その代わり命の保証はしません。彼らは家老の皮を被った、臆病なキツネどもです。少し痛い目に遭わせて、二度とこんな考えを持たないようにしてやりましょう」

と話した。

信之介は母上のところへ行き、

「庄屋殿が、元家老の子息と他三人を連れて来ました。あだ討ちだと言っているので、他流試合なら受けてたちましょうと言ってあります。母上も久しぶりに小太刀のけいこでもしますか」

と言うと、母は、

「そうですね、腕が衰えていないか試してみましょうか」

と言い、支度をした。

信之介は、心配そうな妻の加代に、

「私の腕前を信用しなさい。何も心配することはない、純之介をよろしく頼む」

と言った。

母と信之介が道場へ行くと、庄屋殿一人が待ってくれていて、

「皆は広場に行っています。それでは行きましょう」

と、庄屋殿と共に広場へ向かった。

広場には、山賊退治の時のように村人たちが手に手に槍や竹槍を持ち、待って

いた。

庄屋殿は、四人の者たちに、

「ここの村人たちの強さを見せてやろう」

と言いながら、一の組、二の組、三の組、四の組、この四人を取り囲め、と指図した。各組が十人ずつ、四人を中心にして四角に囲んだ。

庄屋殿は、一の組と三の組突け、と言いながら、小太鼓を一つ打った。一と三の組の者は、「やあ」と喊声をあげながら、槍や竹槍を繰り出す。四人は槍ぶすまに囲まれ、おろおろするばかり。小太鼓二つで一と三の組の者は引く。

庄屋殿は、二の組、四の組と言いながら、小太鼓を一つ。二と四の組の者は、「やあ」と喊声をあげながら槍や竹槍を繰り出す。四人の者たちは刀を振り回しているだけ。小太鼓二つで二と四の組の者は引く。次、一と三の組、と言いながら、小太鼓一つ、「やあ」と喊声をあげながら槍や竹槍を繰り出す。四人の者たちは武士に有るまじく、ただうろたえるばかり。

庄屋殿は、

「どうだ、村人たちの強さがわかったか。四組とも引け、後は信之介殿に任す」

と言った。

信之介は、

「今度は私と母上がお相手いたす。私は三人の相手をするので、母上は太田助左衛門の相手を。それではどこからでもかかってまいれ」

と言いながら、腰の大刀を抜いて三人と相対した。

小百合は小太刀を抜き、

「助左衛門とやら、さあまいれ」

と言う。四人とも刺されはしなかったが、槍ぶすまに手が出ず大汗をかいたばかりだ。今度は真剣であり、命がなくなるかも知れないという恐怖心に、きょうきょうとしている。

信之介は三人に向かい、

「手抜きをせずに打ち込むぞ」

と言いながら、右、左、中と、次々打ち込んで行った。

三人は受けるのがやっとで、足元もふらふらして来た。信之介は三人に、

「そんな未熟な腕であだ討ちとは、聞く方があきれる」

と言いながら、この辺でよいなと、一人一人のちょんまげを切り落とし、峰打ちで三人を眠らせた。

母の方は、助左衛門に二度、三度と打ち込み、助左衛門は受けるだけで一杯、後ろへ下がって行くばかり。信之介の方をちらりと見た母は、峰打ちで助左衛門の胴を払い、返す刀でちょんまげを切り落とした。

四人とも峰打ちにされて刀を放り出し、眠りこけている。

村人たちは、信之介親子の腕前に感嘆するばかり。信之介は村人の一人に、その川から水を汲んで来るように頼んだ。村人は早速桶一杯の水を運んで来た。

信之介はその桶の水を、寝ている者一人ずつに掛けて行った。四人は、水を掛けられて目を覚まし、回りをきょろきょろ眺めている。

信之介に「四人とも目が覚めたか」と言われて、初めて自分たちが何をしていたかを思い出し、あわてて刀を探したがない。落ちているのは四人のちょんまげ

であった。あわてて四人は自分の頭をさわるが、そこにはちょんまげはなく、皆ざんばら髪であった。

信之介は四人に向かって、

「お前たちの命は一度失われたのだ。それでもまだあだ討ちなどという愚かなことを考えるか。性根をすえて返答をせよ。返答次第では、その首が落ちて永久に眠ることになるぞ。助左衛門の一族郎党は何人いるか知らないが、たとえ二十人や三十人来ても、先ほどの村人たちの槍や竹槍で突き殺されるだけであるぞ。昨年秋にも山賊どもを追い払ったことがある。ここの村人は他の村と違い、元は平家の武士の子孫である」

と言った。

助左衛門など四人は、ひそひそと話し合っていたが、助左衛門が進み出て、

「我々も、一族の者たちから責められて、あだ討ちなどと言って出て来たのですが、腕が未熟でとても山中殿には勝てる見込みもなく、成り行きでこんなことになってしまったような次第です。もう二度とこんなことはしません。命だけはお

助けください」

と謝った。

信之介は、

「二度としないと約束するなら命は助けてやろう、その代わり誓約書を書き、四人の血判を押すように。そして一度は死んだお前たちのちょんまげは、裏の山にでも埋めてやろう。刀は返してやる、刀は自分の身を守るもので、人を斬るものではない、よく覚えておくように」

と言って、四人に刀を返してやった。

信之介の裁きを見ていた母も庄屋殿も、大きくうなずいた。

庄屋殿は、

「今日はこれまでじゃ、村人たちも解散しよう。だがこの四人はこのまま返すわけにも行くまい。衣服もぬれているし、今夜はわしの屋敷に泊めてやろう。信之介殿と村人四、五人、手を貸してくれぬか」

と言った。

信之介たちと庄屋殿は屋敷に帰り、村人たちも、風呂を沸かしたり四人の汚れた衣服を洗ったりと大忙し。信之介は庄屋殿と、抜かりなく四人を監視していた。食事も終わり、四人は寝所に入ったので、隣の部屋で信之介一人で監視をした。

何事もなく一夜が明けた朝、四人は信之介や庄屋殿に厚く礼を言い、あだ討ちなどはもう二度としないと再度誓って岡山に帰って行った。

信之介も庄屋殿に礼を言い、家に帰ると、早速、岡山藩目付斎藤吉右衛門あてに、ことの顚末を手紙に認《したた》め、寛大な処置をしていただくようにと添え書きして、誓約書と共に飛脚に託した。

その後も信之介は、剣術のけいこや読み書きなどを教え、母もお茶お花などを教えていたが、加代が、先日の母の小太刀のことを聞いてから、ぜひ教えて下さいと母に頼み込んで、加代も小太刀を習うようになった。

それから約一月後、岡山藩目付斎藤吉右衛門から、書状が届いた。

過日の太田助左衛門のあだ討ちの件について、信之介の取った処置を賛美するとともに、こちらでも詮議いたし、助左衛門始め一族ともに、二度とあだ討ちをしない旨誓約書を書かせた。そして家老福田謙蔵とも協議した結果、太田助左衛門を勘定方に取り立てることにしてから、一生懸命に仕事をしていると記されてあった。

数カ月後、母は信之介に、

「加代殿は、武士の子孫でもあり素直なので武道の上達も早く、教えがいがある」

と言った。信之介は、

「母上の二代目ができますね」

と喜んだ。そして、

「私も一度、加代のお手並みを拝見したくなりました。お手合わせしてもよろしゅうございますか」

と問うた。

母が、

「お前からも教えてあげて下さい」と言ったので、信之介は早速加代を呼んだ。

「母上から、小太刀が上達したと聞いたので、お手合わせをいたそう」

と言うと、加代は、

「とんでもございません。でも、信之介殿が剣術を教えてくれるのであればお受けします」

と言った。二人は支度をして相対した。

信之介が、

「これはこれは。すきがないぞ」

と言えば、加代は、

「信之介殿の木刀がとても大きく見えて、押さえ込まれそう」

と応じる。信之介は、

「これが腕の差というものだ。加代がもっと腕を上げれば、木刀は普通の大きさになって見える」

と言いながら、右に打ち込んだ。加代は小太刀でしっかりと受け止め、素早く信之介の小手を打って来た。信之介は小太刀を外し、伸びきった加代の右胴に、ぴたりと木刀を当てる。

加代は「参りました」と小太刀を引いた。

信之介は、

「わたしの打ち込みを受け、小手を打って来るとは、よくぞこまで腕を上げた。これは将来が楽しみだ。これからは私も暇をみては教えてあげよう」

と言い、加代も笑顔で、

「ご指導をよろしくお願いします」

と言って喜んだ。

母も、

「加代殿。信之介の太刀を受け止め、素早く小手を打って行くとはすばらしく上達したものです」

と誉めた。

加代は、

「これも義母上の教えの賜物です。これからも義母上や信之介殿に教えていただき、腕を磨いて行きたいと思いますのでよろしくお願い申し上げます」

と言った。それからも加代は懸命に練習して、腕前はめきめきと上達して行った。

それから二年後、次男勇之介も生まれ、母を始め、親子ともども幸せに暮らした。

海竜神の使者

マリアナ諸島の南端のグアム島に住むチャモロ族のタモニンは十七歳で、三年前お父さんが亡くなってからは、お母さんと二人暮らしをしている。働き者のタモニンは、海で魚を取ってはそれを売り、家の回りに野菜畑を作り、貧しいながらも楽しく暮らしていた。

ある日の朝、漁に出ようと浜辺に来て海を見ると、べたなぎだった。水平線のところに黒い雲が一つ浮かんでいるのが気になったが、構わずタモニンは船を出し、沖へとこいで行った。

漁場に着き、糸をたれて釣りを始めたところ、今日は面白いようによく釣れる。タモニンは大漁をめざして釣りに夢中になっていた。そのうちに船が大きく揺れ始めたので、回りを見ると、風は強くなり、海は白波が立ち、空は真っ黒に曇り、やがて大粒のスコールが来た。

タモニンは、これは大変と釣りをやめ、船をこぎ始めたが、風と波でちっとも進まない。

船は雨水と波をかぶった海水で水船になり、釣り上げた魚も、釣り道具も流れ出してしまった。そのうちに大きな波をかぶり、かいも流され、タモニンは疲れ果てて水船の中で気を失ってしまった。

どこか遠くから、呼ぶような声がする。タモニンは声のする方へ頭を回し目を開けてみると、そこにタモニンと同じ年くらいの美しい女性と、中年の使用人らしい女性とがいて、ニコニコしながらタモニンを見て、「ああ、気がついたわよ」と言った。

タモニンは、ここはどこだろうとあちこちを見回した。すると美しい女性は、

「私の名はエーナ。ここはアガニャ村で、父はこの村の村長です。嵐の去った夕方、浜辺にあなたが打ち上げられているのを、家の若い者が見つけて連れて来た

ので、介抱していたところです。気がついてよかったですね、あなたはどこの村の方ですか」

と尋ねた。

タモニンは、

「私は島の南のメリッソ村の、タモニンと言う名の者です。朝早く漁に出て、嵐に遭って気を失ってしまったのです。助けていただいて本当にありがとうございました」

とお礼を述べた。

中年の女性がタモニンを見ながら、

「あなたはしあわせ者よ。あなたは半日以上も海水につかっていたため、身体がすっかり冷えきっていたので、エーナお嬢様があなたを抱いて暖めたのです」

と言った。

エーナは顔を赤くして、

「カノアったら、よけいなことは言わないで」

と言った。

タモニンも、この美しいエーナに抱かれて暖められたのかと思うと、ひとりでに顔が赤くなった。カノアはこの若い二人を見てニコニコしていたが、それでは食事を持って来ましょうと言って、部屋から出て行った。

タモニンは、エーナの美しい手を握り締め、

「エーナは私の命の恩人です」

と言い、エーナの黒い瞳をじっと見つめると、エーナもタモニンの瞳を見つめていた。

その時、ドアをノックして一人の男性が入って来た。振り向いたエーナは、

「あら、お父様、タモニンは気が付きましたよ」

と言った。

父親は、

「それはよかった。温かい物でも食べて、早く元気になりなさい。家族が心配しているこ とだろう、どこの村の者かな」

と尋ねた。

タモニンが、

「このたびは命を助けていただいてありがとうございました。私はメリッソ村のタモニンと申します。母が一人おります」

と答えると、父親の村長は、

「それはお母さんが心配していることだろう。使いの者をやってお母さんに伝えておくから、タモニンはゆっくり養生して行きなさい」

と言ってくれた。

そこへ、カノアが食べ物を持って入って来た。

父親は、

「しっかり養生して行きなさい」

と言って出て行った。

カノアは、

「さあ、これを食べて元気になってね」

と、温かい食べ物をベッドの横に置いた。

タモニンが起き上がろうとすると、エーナは、

「私が食べさせてあげるから、タモニンは寝ていなさい」

と言って食事を食べさせてくれた。

カノアが、

「まあまあ、お嬢様ったら奥様みたいね。よくお似合いですこと」

と言ったので、エーナは顔を赤くして、

「カノアったら、何を言うの」

と言ったものの、まんざらでもなさそうな顔をしてタモニンに食べさせている。

二日後、すっかり元気を取り戻したタモニンは、エーナや村長、奥様やカノアなどにお礼を言い、村に帰ることになった。エーナはそこまで送って行くと言って付いて来た。

村の若者たちが二人をじろじろ見ているのも気にせず、まるで恋人同士みたいに寄り添って歩いている。これが、後に大変な事件になろうとはつゆ知らず、エ

ーナはタモニンに、今度はいつ来てくれるのと聞いている。タモニンは、近いうちに必ず来ますと言って、エーナと別れて家路を急いだ。

数日後、タモニンはお礼の品々を背負って、アガニャ村のエーナの家に急いだ。村長の家では、エーナを始め皆が喜んで迎えてくれた。

エーナはタモニンを自分の部屋に連れて行き、

「タモニン、会いたかった。私はタモニンが大好きになって、夢にまでみるの。タモニンはどう？」

と聞いた。タモニンは、

「私もエーナが大好きです」

と言ってエーナを引き寄せ、強く抱き締めた。

その時、ドアをノックして村長が入って来た。タモニンは村長に厚くお礼を言い、お礼の品々を出した。村長は、

「タモニンも、すっかり元気になってよかった。今日はゆっくり遊んで行きなさい」

と喜んでくれて、部屋を出て行った。

タモニンは、エーナと二人でお話をしたり、カノアが運んでくれたごちそうを食べたりして楽しく過ごした。そして帰りぎわにエーナが、

「今度はいつ来てくれるの、タモニンの顔を見ないととてもさみしい」

と言って、タモニンに抱き着いた。タモニンは、

「私も毎日でも来たいが、漁の仕事もあるので、四、五日したらまた来ます」

と言って、エーナを抱き締め、黒い瞳を見つめ、初めてのキスをした。

それから数回、タモニンとエーナは村はずれの白い砂浜で泳いだり、美しい夕陽を眺めたり、森を散歩したり、エーナの家で食事をしたりとデートを重ねた。

そんなある日、エーナの家に行くと、タモニンを喜んで迎えてくれたのはエーナだけで、カノアや他の人々は、何かよそよそしくしている。

エーナと部屋で話をしていると、村長が入って来てタモニンを別室に連れて行き、

「実は、エーナに聞いたのだが、エーナは君が大好きだと言っている。君はどう

なのだ」

と聞いた。タモニンは、

「私もエーナが大好きです」

と答えた。

村長は、

「お前たち二人が恋人同士になったのは、娘の親としては嬉しいことだ。ところが、お前たちに嫉妬した村の若い者が、エーナをよそ者に取られてはおれたちの顔が立たない、それで村の若者の代表とタモニンが弓矢の試合をして、タモニンが負けたらエーナをあきらめろ。もし我々の代表が負けたらその時は我々もエーナをあきらめる、と言っているのだが、タモニンは弓矢の試合をしたことがあるのか」

と聞いた。

タモニンは、

「一度もありませんが、試合はいつですか」

と聞いた。村長は、

「試合は半月後に行いたいのだが、よいだろうか」

と言った。

その時、エーナが部屋へ入って来て、

「村のマギットは、村一番の弓の名手。とてもタモニンでは勝つことができないし、私はタモニンをあきらめることなどできない。お父さん、それは、ひどいわ」

と泣き出した。

村長は、

「これは内緒だが、タモニンよ、ラムラム山のふもとに、イグリーと言う名の島一番の弓の名手がまだ生きているはずじゃ。そこへ行って半月間修行して来なさい」

と教えてくれた。

タモニンは、エーナや村長に別れを告げ、すぐにジャングルを越えてラムラム山のふもとを捜し歩き、一軒の家を見つけて、

「イグリー様はいらっしゃいますか」

と尋ねた。

中から、

「イグリーはわしじゃ」

という声がし家に招いた。

タモニンが中へ入ると、真っ白いヒゲを生やしたおじいさんが、いすに腰掛けていた。タモニンはイグリーおじいさんに、ここへ来たわけを話した。

イグリーおじいさんは、

「わしも若い時、アガニャ村の村長の父親には大変お世話になったことがある。お前さえ努力する気持ちがあるなら教えてやってもよいが、修行は厳しいぞ。耐えられるか」

と言い、タモニンは、

「一所懸命にやりますから、どうぞ教えてください」

と頭を下げた。

それでは今すぐ始めよう、とタモニンを外へ連れ出し、

「ここに立っていなさい。今十メートルほど先の木の枝にパパイヤを刺して来るから、じっと見つめていなさい、よそ見をしてはだめだ」

と言って、木の枝にパパイヤを刺して来た。

タモニンはパパイヤをじっと見つめているが、回りの木々の葉や小鳥の飛び交う姿、鳴き声などが目や耳から入って来るので、なかなか精神を集中できない。それに、さんさんと照りつける太陽の熱で、頭がくらくらして来る。

そのうち日が暮れてくると、おじいさんが家から出て来て、

「どうかな、パパイヤだけが見えるか」

と聞いた。タモニンが、

「いいえ、回りの木々の葉や小鳥などの鳴き声が、目や耳から入ります。それと、暑くて頭がぼうっとして来ます」

と言うと、おじいさんは、

「まだまだだなあ。今日はもう薄暗くなったので、食事をしたら早く寝て、明日

またやりなさい」

と、家にタモニンを連れて入った。

翌朝早く起きたタモニンは、昨日の場所に立ち、パパイヤをじっと見つめていたが、結果は前日と同じ。

そして三日目の朝、何も考えずにパパイヤを見つめていると、なぜかパパイヤがエーナの顔に見えて来た。これはエーナが陰ながら応援してくれているのだと思うと、胸が熱くなった。そのうち、自然に回りの物がぼやけて見えなくなり、エーナの顔のパパイヤだけが、はっきりと見えるようになって来た。

その日の夕方、タモニンはおじいさんにそのことを話した。するとおじいさんは、

「やっとわかったようだな。精神を集中すると、ねらったものだけが見えて、回りのものは見えなくなるものだ。ここのところをよく覚えておくことだ」

と言ってくれた。

そして翌朝から、実際に弓矢を使って射る練習をすることになった。

おじいさんはいつの間に作ったのか、弓と矢を十本持って来て、

「これで、まずは弓と矢の扱い方から教えてやろう」

と言って、弓の持ち方、弦の引き方、矢のつがえ方、獲物のねらい方などを教えた。その後で、

「静止しているものから射ってみなさい」

と、パパイヤを付け替えてくれた。

タモニンは、まず精神を集中すると、パパイヤだけがはっきりと見えた。教えられた通りにパパイヤをよくねらい、矢を放つと、矢は見事にはずれ、パパイヤの実より十数センチ下にある枝に刺さった。次の矢は、パパイヤの実の左側の枝に刺さった。

おじいさんは、

「タモニンよ、近い距離だと矢は真っすぐ飛ぶが、十メートル以上の距離があると、矢は放物線を描くものだ。それに風の影響も受けるから、左右に流れる。そのところを考えて、的をねらった方がよい」

と教えてくれた。

そこでタモニンは、的との距離を縮めたり伸ばしたり、風の吹く方向なども頭に入れて的をねらうようにした。的との距離が近いとよく当たるが、距離が遠くなると、まだまだ当たらない。

二日目は、十本の矢を射って、当てたのは三本だけだった。三日目になると、的が遠くても十本全部が当たるようになった。

次の朝、おじいさんは、

「タモニン、なかなかやるな、素質があるのだな。今度は的の大きさをいろいろ変えてやってみなさい」

と言い、家に入って行った。

タモニンは、言われた通りに的をいろいろ変えて、二日間ほど練習したところ、目で捕らえることのできる、パパイヤよりももっともっと小さなものまで、正確に射ることができるようになった。

次の日からは、おじいさんが、

「今度は、動いたり飛んだりしているものを射てみなさい。これは、獲物が移動する距離と、矢のスピードと、獲物に当たる距離をよく読む練習だ」

と教えてくれた。

タモニンは森に入り、飛んでいる鳥をねらってみたが、こんどは難しく、なかなか思うように当たらない。

そこでタモニンは、獲物が移動する距離と、矢のスピードと、矢が届く距離を考えて、いろいろ試してみたところ、三日目にやっと三羽の鳥を落とすことができた。

持って帰ると、おじいさんは、

「これはうまそうだ、焼き鳥にしよう」

と、早速料理してうまそうに食べて、タモニンにも一羽くれた。

翌日の朝、おじいさんは、

「タモニンも、毎日の修行でほほがこけて来たな。今日はがんばってたくさん取って来なさい、少し栄養をつけなければなあ。待っているぞ」

と言ったので、タモニンは森へ勇んで出掛けた。

その日は、獲物の移動や矢のスピードが頭に入り身体で覚えているので、よく当たり、昼過ぎまでに十二羽もとれた。家に帰り、おじいさんに見せたらとても喜び、やっと一人前になったなと言ってくれた。

おじいさんは、

「お前は目がよく、頭もよく、素質がある。弓矢のことは、これだけできたら、その辺の若者にはもう負けることはないと思う。それから、タモニンは山刀を使ったことはないのだろう、山刀は身を守るもので、人を傷つけるものではない。これから教えてやろう」

と言って、木の枝を二本持って来た。一本をタモニンに渡し、

「どこからでも打ち込んできなさい」

と、枝を構えた。

タモニンは、自分は身のこなしが素早いから、どこからでも打ち込めると思って打ち込んでみると、そこにいたはずのおじいさんは、一メートルも横へ飛んで

いる。数回繰り返してみても、おじいさんの構えている木の枝には触れることもできない。

タモニンは考えた。おじいさんは、左、右、後ろと身をかわす。その動きを予測して打ち込むことができれば、一度は打つことができるのではないか。

タモニンは、今度はおじいさんが右へ体をかわすだろうと予測して、正面から打ちながら、右へと移動して打ち直した。するとおじいさんは、やはり右へ移動しながら、枝でタモニンの枝を払った。

おじいさんは、

「タモニンよ、よくぞそこまで考えた。相手の身体全体の動きから、相手がどちらへかわすか予測することが大事である。それは、何回も練習することによってわかってくるものだ。お前は武術については天才的な素質を持っているのか、なかなか覚えが早い。あそこの立ち木を利用して、左右、前後ろと打ち込む練習をしなさい」

と教えてくれた。

タモニンは、おじいさんに言われた通りに左右と前を打ち、後ろは、振り向きざまに打ち込む練習に励んだ。三日目には、タモニンの身の動きは以前より何倍も素早くなり、打ち込む速度も速く、打ち込む強さも強くなっていた。

翌日の朝、おじいさんは、

「一度試してやろう」

と言って、外へ出て木の枝を取り、

「どこからでも打ち込んで来なさい」

と構えた。

タモニンは、枝を構えておじいさんの全身を見た。右足がかすかに浮いているように見える。これは左へ身をかわすようだと予測して、正面から打ち込みながら、左へ飛んで打ち込んだ。おじいさんは、枝でタモニンの枝を受け止めながら、

「よくできた。タモニンが一心不乱に練習した賜物だ。わずかの間であったが体つきもたくましくなった。もうお前に教えることはない、あの弓矢と山刀はわしからのみやげだ、持って行きなさい。山刀の使い道を誤らないようにしなさい。

それから名は何といったか忘れたが、恋人が待っているだろう。村長には、わしもまだまだ元気だと、よろしく伝えておいてくれ。弓は精神の集中が大事じゃから、これを忘れないようにしなさい」

と言ってくれた。

タモニンはおじいさんに厚くお礼を言って、メリッソ村へと急いだ。

家に入るとお母さんが飛んで来て、

「アガニャ村の村長さんから使いがあって、話は聞きました。修行がつらかったのでしょう、ほほがこけているわ。身分も出《で》も違う村長さんの娘さんと結婚などできるのかしら」

と心配している。

タモニンは、

「お母さんは心配しなくてもよいです。ぼくが一生懸命に努力して、そのうちにきっとお母さんを安心させ幸せにしてみせます」

と話して、食事をしてから家を後にして、アガニャ村へ向かった。

アガニャ村に入ると、村人たちがうわさを聞いているとみえて、タモニンをじろじろと見ている。

エーナの家に着いて案内を請うと、その声を聞いてエーナが一番先に飛び出して来て、

「タモニン、待っていた」

と抱き着いた。

そこへ村長も現れ、

「よく帰って来た、訓練は厳しかったであろう。ほほはこけているようだが体つきはたくましくなった。よく耐え抜いた、今夜はよく寝ることだ。明日はお手並みを拝見するか」

と言った。

タモニンは、

「イグリーおじいさんがよろしくと言っておりました。そして、弓矢と山刀をいただいてきました」

と報告した。村長は、

「それはよかった」

とうなずいた。

エーナはタモニンを自分の部屋に連れて入ると、タモニンに抱き着き、くちびるを求めて来て、二人は熱い熱いキスをかわした。

そしてエーナは、タモニンに訓練の様子を聞いた。タモニンは、イグリーおじいさんから教えられた弓矢の訓練の時、的がエーナの顔に見えたことによって習得したことや、山刀の訓練の模様を話して聞かせた。するとエーナは、

「明日の試合は絶対に勝ってね。私はタモニン以外の男性とは結婚する気がないの。もしも負けたら、私はあの断崖から飛び降りて、死ぬわ……」

と言った。

タモニンは、

「試合は必ず勝つから心配しなくてもよい。私の大切なエーナを失うわけには行かないよ」

と言ってエーナを強く抱き締め、熱いキスをした。

そこへカノアが「お嬢様、食事ですよ」と言って迎えに来た。二人は村長夫妻と一緒に食事をしながら、タモニンは夫妻に訓練の様子を話した。

食事後、エーナの母が、

「明日は大事な試合があるのだから、今夜は他の部屋で休みなさい」

と、別室に連れていってくれた。

タモニンはぐっすり寝て、早く目が覚めたので、海岸へ出てその辺に落ちていた棒を拾い、山刀の訓練をして体を動かしてみた。体は軽く、敏捷によく動くので、自信をつけた。

そのうちに、エーナや村長も起きて来た。皆で食事をした後に、村長が、

「タモニンそろそろ出かけるか」

と言い、タモニンは弓矢を持ち、山刀を腰にさげて村長と出かけた。その後から、村長夫人やエーナや、カノアなど使用人もついてきた。

村はずれの広場には、見物人が多数押しかけている。

村長が席に座ると、その回りに、村長夫人やエーナや使用人たちも座った。

村長の弟のジゴニーが村の保安官のような仕事をしているので、村の弓の名手のマギットの他、二人の若者を待機させていた。

村長が「始めよ」と合図すると、ジゴニーがルールを説明した。

ルールは、初めにタモニンと若者一人ずつが、十数メートル離れて静止している的を射て、中心に近い方が勝ちとする。

それからタモニンとマギットが対決し、静止している的を射る。次は若者が頭にパパイヤを載せて立ち、そのパパイヤを射落とす。さらにヤシの実を空中に放り、地面に落下するまでに射る。

次にパパイヤを空中に放り、地面に落下するまでに射落として、中心に近いところに刺さった矢で合計点をつけて判定する。

いよいよ試合開始である。

初めに一人の若者が出て的を射る。中心から一番離れた外周に何とか当たった。

次の若者は中心と外周の中ごろに当たった。

タモニンが、的をよく見てから中心目がけて射ると、矢は見事に中心に当たった。見物人たちから拍手が起きる。

今度はタモニンとマギットの対決で、マギットから始めた。マギットが的を目がけて矢を放つと、見事に中心に当たった。タモニンは、的の中心に刺さっているマギットの矢を目がけて放った。タモニンの矢は、見事にマギットの矢を裂いて、中心に当たる。マギットや見物人たちも、タモニンのすばらしい技にあっけに取られている。

次は十数メートル離れたところに、若者がパパイヤを頭の上に載せて立った。マギットは、ねらいをさだめて射た。矢は見事にパパイヤに刺さり、転げ落ちた。ジゴニーが駆け寄り、パパイヤを拾い、矢の刺さっている位置を確認する。矢は見事にパパイヤの中心を通っていた。

タモニンは、ラムラム山のふもとで訓練したパパイヤを思い出し、その中心をねらって矢を射た。パパイヤは若者の頭から転げ落ちた。ジゴニーが駆け寄りパパイヤを見ると、矢は見事にパパイヤの中心を貫通して、若者の後ろの数メートル先の地面に矢が刺さっていた。

今度は空中のヤシの実を射る競技だ。マギットは、ヤシの実が空中に一番高く上がったところを、見事に射止めた。そして矢は、見事に実の中心を通っていた。

タモニンは、ヤシの実が空中高く上がったところを射止め、二本目の矢で、落下してくるヤシの実を、目の高さくらいの位置で射た。二本の矢は見事に中心を通って、しかも十字に刺さっている。

最後は空中のパパイヤを射る競技だ。マギットは、パパイヤが空中に一番高く上がり、落下中のところを見事に射止めたが、矢はパパイヤの中心を通っていなかった。

タモニンは、ヤシの実と同じく、パパイヤが空中高く上がったところを射止め、二本目の矢で落下中のパパイヤを射た。二本の矢はパパイヤの中心を通り、十字に刺さっていた。

村長始め見物人たちは総立ちとなり、タモニンの神業のような見事な弓の技に驚嘆して、拍手喝采をしたのである。

マギットは完全に敗北を認め、その技をたたえ、タモニンに握手を求めた。タモニンも快くマギットの技をたたえ、握手に応えた。

ところが、この後に大変な事件が起きた。

先程、的を射る競技に出た二人の若者の一人が、突然弓に矢をつがえ、見物席のエーナ目がけて矢を射た。矢は立っているエーナの太ももに刺さった。

村長はジゴニーに、

「若者を取り押さえろ」

と命じた。その時、もう一人の若者が、村長目がけて矢を射た。矢は村長の肩に刺さった。

ジゴニーや村人たちが二人の若者を捕らえようとするが、弓矢を持っているので近づけずにいる。

すると今度は、二人の若者がタモニン目がけて矢を射った。タモニンは素早く山刀を抜くと、飛んで来る矢を右や左にかわし、次々と山刀でたたき落とした。その神業のような素早さを、村人たちも驚異の目でながめていた。

そこでタモニンが素早く弓に矢をつがえ、深く刺さらないように加減して、一人の若者の足をねらって射た。矢は見事に若者の足に当たり、若者はばったりと倒れた。次の矢ももう一人の若者の足に当たり、若者は倒れた。

ジゴニーや村人たちが若者を取り押さえたのをみてから、タモニンはエーナのところへ走った。

エーナはカノアたちから手当を受けていたが、距離が遠かったのと、射た者の弓が下手であったので傷は浅かった。

村長も、妻や使用人たちから手当を受けていたが、幸いに傷は浅かった。

エーナをタモニンが背負い、村長は村人が用意した担架に乗せて、使用人たちが村長の家に運んだ。

そこへ医者が来て、二人の手当をして、傷は浅いから心配しないようにと言って、塗り薬を置いて帰って行った。

村長は、

「タモニンよ、今日は神業のような見事な弓の技や、山刀の技を見せてくれてありがとう。よくぞここまで技を磨いてきた。お前はあの嵐の日に、海の竜神様がエーナの婿にと遣わしてくれた使者なのかもしれないな。とにかく、エーナの婿としてふさわしい男だ、エーナを嫁にもらってくれないだろうか。わしからも頼む」

と言った。

タモニンは、

「エーナさえよかったら、喜んでお受けします」

と言って、大好きなエーナの方を見た。エーナは傷の痛むのも忘れて、

「タモニン、ありがとう」と手を伸ばしてきたので、タモニンはその手をしっかりと握り締めた。

それを見ていた、カノアを始め使用人たちも、若い二人を祝福して拍手をした。

村長は妻に、

「一人娘のエーナの婿もこれで決まった。村長の家もこれで一安心だ、よかったよかった」

と言って、手と手を取り合って喜んだのであった。

そして村長はタモニンに、

「エーナやわしの傷が治ったら、結婚式を挙げることにしよう。タモニンは一度村へ帰って、お母さんを連れて来て一緒に住むことにしたらよい。それまでにお母さんの部屋を用意しておくから」

と言った。

タモニンは、

「ありがとうございます、エーナが歩けるようになったら行って来ます。それまで、エーナの看病は私がやります」

と言って、エーナを抱き上げ、エーナの部屋に連れて行った。

エーナは抱かれたまま「嬉しい」と言って、くちびるを求めた。二人は熱い熱いキスをかわし、エーナをベッドに寝かせ、その側にタモニンも座り、エーナの手をしっかりと握った。

村長は、家の若い者に、

「ジゴニーを呼んで来るように」

と指示した。間もなくジゴニーが来た。

村長はジゴニーに、

「エーナの婿はタモニンに決めた。あの若者は、武術については天才的な素質があるのか、海竜神が遣わされた使者なのか、わずか半月であれだけの見事な弓矢の技と、山刀の技を使うのには驚いた。まるで神業のようだった。お前にも異存はないだろう」

と言った。

ジゴニーは、

「まったく、タモニンの技には驚きです。海竜神の使者なのかもしれませんね。婿の件も異存などありません、エーナも喜んだことでしょう。ゆくゆくは兄さんの跡を継いで村長ですね」

村長は、

「それでお前に相談だが、わしも年だ、タモニンはまだ若い。お前が村長をやってくれないか。そして保安官を、あれだけの武術を持った、マギットとタモニンの若者たちにやってもらおうと思うのだが、どうだろうか。そしてわしも、タモニンに村長としての心得など、やるべきことを教えるが、お前もタモニンにいろいろ教えてもらいたいのだ。その後、時機をみてタモニンを村長にしてもらいたいのだが、どうだろうか」

と聞いた。

ジゴニーは、

「それはよい考えです。私でよかったら、それまで村長を引き受けます。それと、捕まえた二人の若者ですが、わけを聞くと、一人の方がエーナに片思いをしていたのが、タモニンに取られ、かわいさあまって憎さが百倍になり、あんなことをしたようです。もう一人は同情して、父親である村長の兄さんや、恋敵のタモニンまで殺そうとしたようです」

と言った。

村長は、

「そうだったのか。わしやエーナの傷はたいしたこともないから、二度とあのようなことをしないようにお前からよく言い聞かせてやって、将来のある若者たちだから、許してやってはどうかな」

と言う。

ジゴニーは、

「兄さんがそう言われるのでしたら、私には異存ありません。あんなことをしたので命はないものと思っているようですから、きっと喜ぶと思います。そしてよく言い聞かせてやります。それと一応マギットに、しばらく監視するように言っておきましょう。ところで、エーナやタモニンはどうしたのですか」

と言った。

村長は、

「嵐の時に、エーナがタモニンを看病したので、今度はタモニンがエーナを治るまで看病すると言って、エーナを抱いてエーナの部屋へ行ったよ。若い者同士っていいものだなあ」

とつぶやいた。

ジゴニーは事務所へ帰ってから、助手に、牢屋にいる二人の若者の親と、マギットを呼んでくるように命じた。それから牢屋に行き、二人の若者たちにその非を説いて聞かせた。

若者たちは非を認め、二度としないと誓った。そこへマギットと若者の親たちも来た。

ジゴニーは若者やその親たちに、村長の温情で許しが出たことを伝えた。若者や親たちも、命がないものと思っていたのが許されたので、涙を流して喜んだ。

ジゴニーはマギットに、この若者たちをしばらく監視するように命令した。

マギットもとても喜び、監視を引き受けて、若者たちに、

「人を傷つけた罪は消えることはないが、二人とも改心したのであれば、村長のところへ行って謝罪して、その罪を許していただいたお礼もして来るようにしなさい」

と話をした。二人の若者と親たちは村長のところへ謝罪に行き、これでこの事

件も落着した。

そして一カ月が過ぎた。

村長やエーナの傷もすっかり治ったので、タモニンは一度メリッソ村へ帰り、家を処分し、母親を連れてアガニャ村へ帰って来た。母親は一部屋をもらい、そこで暮らすことになった。

そして、エーナの父親は、村長職をジゴニーに譲り、マギットとタモニンは、ジゴニーの跡を継いで保安官になった。

それから十数日後の吉日には、待ちに待ったタモニンとエーナの結婚式が、新村長や保安官の披露を兼ねて行われた。

前村長夫妻を始め、ジゴニー新村長夫妻、その他の村の村長夫妻、タモニンのお母さんや村の主だった人々、保安官のマギットなど多数の人々の祝福を受けて、めでたく結婚式を挙げて、タモニンとエーナは晴れて夫婦になることができた。

新村長ジゴニーと、保安官マギットとタモニンも、他の村の村長や村人たちに紹介された。

新保安官になったマギットとタモニンは、協力して村の治安に努めたので、島一番の安全な村と言われるようになり、村人にも頼られるようになった。

その後もタモニンは、一、二カ月に一度は、ラムラム山のイグリーおじいさんのところで四、五日間、弓矢や山刀の訓練に励み、その技をますます磨いて行った。

この間、他の村の若者たちがタモニンに弓矢の試合を挑んで来たが、いずれも敗退し、タモニンは島一番の弓矢の名人と、村人たちからも言われるようになった。

タモニンの弓矢の訓練は、イグリーおじいさんが病気になるまで続けられて、看病には家の若い者を付けておき、タモニンも時々見舞いに行き、死を看取ったという。

やがてタモニンとエーナは、二人の男の子と一人の女の子の、三人の子供に恵まれた。

そして七年後には、ジゴニー村長の跡を継いでタモニンが村長になり、エーナの父親の元村長や、ジゴニー前村長の教えをよく守り、村人たちの幸せを第一に善政を行い、村人たちにも信頼されて、名村長として末長く幸せに暮らしたということだ。

著者プロフィール

大濱 純一（おおはま じゅんいち）

1929年北海道函館市に生まれる。
1947年旧制庁立函館工業学校卒業。
1989年新日本製鐵㈱名古屋製鐵所、停年退職。
短編小説を中心に執筆活動中。

真っ白な子イヌ

2002年5月15日　初版第1刷発行

著　者　大濱 純一
発行者　瓜谷 綱延
発行所　株式会社文芸社
〒160-0022　東京都新宿区新宿1-10-1
電話　03-5369-3060（編集）
03-5369-2299（販売）
振替　00190-8-728265

印刷所　株式会社平河工業社

ISBN4-8355-3822-6 C0093